乔治·威尔斯科幻小说精选

时间机器

[英]乔治·威尔斯 著
李阳梅 张小平 范锐 译

四川文艺出版社

图书在版编目（CIP）数据

时间机器 / (英) 乔治·威尔斯著；李阳梅, 张小平, 范锐译. -- 成都：四川文艺出版社, 2020.3（2024.5重印）

（乔治·威尔斯科幻小说精选）

ISBN 978-7-5411-5600-7

Ⅰ. ①时… Ⅱ. ①乔… ②李… ③张… ④范… Ⅲ. ①幻想小说－英国－现代 Ⅳ. ①I561.45

中国版本图书馆CIP数据核字(2020)第016256号

SHIJIAN JIQI

时间机器

[英] 乔治·威尔斯 著

李阳梅 张小平 范锐 译

出品人　冯　静
策划组稿　蔡　曦
编辑统筹　罗月婷
责任编辑　李国亮　邓　敏
封面设计　叶　茂
内文设计　史小燕
责任校对　汪　平
责任印制　桑　蓉

出版发行　四川文艺出版社（成都市锦江区三色路 238 号）
网　　址　www.scwys.com
电　　话　028-86361802（发行部）　028-86361781（编辑部）

排　　版　四川胜翔数码印务设计有限公司
印　　刷　四川五洲彩印有限责任公司
成品尺寸　145mm × 210mm　　开　　本　32 开
印　　张　5.25　　字　　数　100 千
版　　次　2020 年 3 月第一版　　印　　次　2024 年 5 月第七次印刷
书　　号　ISBN 978-7-5411-5600-7
定　　价　20.00 元

总序

他曾警告过我们

吴虹　范锐

赫伯特·乔治·威尔斯（Herbert George Wells，1866—1946），英国科幻作家、新闻记者和现实主义小说家，与另两位作家约翰·高尔斯华绥和阿诺德·贝内特并称为20世纪英国现实主义小说三杰。他的科幻小说对该领域影响深远，创造了如“时间旅行”“外星人”“反乌托邦”等20世纪科幻小说中的主流话题，因此被誉为“科幻小说之父”“科幻小说界的莎士比亚”“英国的儒勒·凡尔纳[①]”。

在威尔斯的时代，人们同时受到现代文明的鼓舞和战争的威胁，各种思潮层出不穷，几乎每一个人都在思考人类应有

① 儒勒·凡尔纳（1828—1905），科幻小说和冒险小说作家，法国科幻小说的奠基人，被称为“科幻小说之父”，作品以《海底两万里》最为著名。

的现在和未来。作为这个时代的代表人物之一，威尔斯除了作家的身份外，还是政治家、思想家、社会学家、未来预言家和历史学家。他“从学生时代起就一直是个社会主义者”，但他强调自己不是马克思主义者。他曾是费边社的重要成员，认为“通过有计划的社会教育方式，可以逐步改革现在的资本主义制度”，并因为关于性自由的主张和与萧伯纳等人对领导权的争夺而震惊了费边社的知识分子们，这些经历被他写入了《安·维罗尼卡》和《新马基雅弗利》。他曾在1920年和1934年两度访问苏联，受到了列宁和斯大林的接见——据说列宁的“共产主义就是苏维埃加电气化”这一著名的论断就是在接受威尔斯采访时提出的。在《黑暗中的俄罗斯》（这个书名说明了十月革命后的苏联给他留下的印象）一书中，威尔斯用充满怀疑的语气描述列宁所谈论的这个话题当时给他的感受：“我听的时候几乎认为这是可能的。”威尔斯也曾访问美国，与罗斯福总统晤谈——显然他想从当时两个最为不同的国家中去探寻他所认为的理想化的人类社会模式。目前我们所知最早被译成中文的威尔斯的作品不是科幻小说，而是1921年他采访华盛顿会议后撰写的有关中国问题的长篇报道，译者是周恩来。

在五十三年的创作生涯中，威尔斯先后写下了超过一百一十部作品，平均每年两部，其中包括五十部长篇小说，这使他成为现代最多产的作家之一。这些作品的内容涉及科学、文学、历史、社会、政治等各个领域，既有科幻小说，也有纯学术作品、严肃小说以及大量报刊文章，而这些作品的影响也和它们所涉及的内容一样广泛。

1866年9月21日，赫伯特·乔治·威尔斯出身于英国肯特郡的小城布朗姆利（现在位于伦敦西郊的一个小镇）的一个市民家庭。他家境贫寒，父亲约瑟夫曾当过职业棒球手，后来经营一家五金店铺；母亲尼尔早年当过用人，后来为一个乡绅当管家，这使得威尔斯童年的许多时光在这户人家位于地下室的厨房里度过。威尔斯在回顾这段生活时说，当他从地下室狭小的气窗望出去时，他所看到的是各色各样的鞋子与靴子，仿佛世界就是由那些代表各种社会身份的鞋子与靴子组成的。

十四岁时，由于父亲破产，威尔斯不得不辍学自谋生路。他先后当过布店学徒、信差、小学教师、药剂师助手以及文法学校的助教。他对这类的生活难以忍受，他的雇主们对他可能也有类似的感受，所以他的这些职业生涯都很短暂。1884年，他得到每星期一个基尼的助学金，进入英国皇家科学院的前身南肯辛顿理科师范学校学习物理学、化学、地质学、天文学和生物学。他的生物学老师是达尔文学说的支持者、著名科学家托马斯·赫胥黎，这位老师的进化论思想大大地影响了威尔斯后来的写作。1890年，威尔斯以动物学的优异成绩获得了伦敦大学帝国理工学院的理学学士学位，毕业后的一段时间他在伦敦大学函授学院教授生物学。

1891年，威尔斯开始为一些报刊撰写文章，偶尔也从事新闻写作。1893年，因病休养期间，他开始写作短篇小说、散文和评论，同时也开始了科普创作。1895年出版的《时间机器》使威尔斯作为"可以看到未来的人"而一举成名，这部中篇小说的末章还被伊顿公学等贵族学校列为必读篇目，以使本国精英能够充分吸收威尔斯至高无上的语言精华。此后，《莫罗博士的岛》《隐身人》《星球大战》《登月第一人》等陆续发表，这些"科学传奇"，即现在所称的科学幻想小说，构成了威尔斯长达半个多世纪的创作生涯中辉煌的第一阶段。在20世纪初期，威尔斯的作品主要属于社会讽刺小说一类。此后他转向政论性小说创作，撰写了《基普斯》《波利先生的故事》《勃列林先生看穿了他》《恩惠》《预测》《世界史纲》等大量关注现实、思考未来的作品，其中1908年的《托诺·邦盖》可以说是他最有影响和代表性的杰作之一。威尔斯这一时期的不少作品被称为"阐述思想的小说"，实际上已不是严格意义上的文学作品，整体上被认为缺乏艺术特色。他后期的作品更多地关注灵魂、宗教、道德等方面，说明这位赫胥黎的得意门生也曾遭遇过某种精神上的危机。

和威尔斯的创作生涯同样辉煌的是他的情史。他的情人中包括女作家丽贝卡·韦斯特和曾做过马克西姆·高尔基[①]情人的莫拉·包伯格。在总结自己的情史时，威尔斯说“虽然我曾深深爱恋一些人，但我从来不是一个好情人”，然而他却是一个好作家，他的恋人们的影子常常出现在他的作品中。这可以作为一个有趣的例证——虽然威尔斯以科幻小说而闻名，但他的作品从来都和现实有着密切的联系。1938年，奥逊·维尔斯[②]根据《星球大战》的情节在电台做了一期广播节目，结果引起了一场民众大恐慌。这一后果大大出乎维尔斯的预料，他不得不保证以后再也不做类似的事，以免引起新的恐慌。

评论界将威尔斯与儒勒·凡尔纳相提并论，认为他们是科幻小说两大流派的鼻祖，但威尔斯自己并不同意别人称他为“第二个凡尔纳”。他说：“我与法国那位未来的预言家之间并没有任何一定要扯到一块儿的东西。他的作品里所写的往往是那些完全可以实现的发现和发明，并且有些地方已经高明地预见了它们的可行性。他的小说将唤起一种实践的兴趣……而我的故事所指的绝不是实现科学假设的可行性，这完全是另一种幻想的体验。”他认为自己的“科学传奇”是想象的产物，

① 马克西姆·高尔基（1868—1936），苏联作家，在很长一段时期内被诸多社会主义国家认为是无产阶级文学的奠基人和最重要的代表。

b 奥逊·维尔斯（1915—1985），美国电影导演、演员、编剧和制片人，因自导自演《公民凯恩》(1941)在世界电影史上占有重要地位。因广播剧《星球大战》事件而成名。

其目的不在于预见科学发展的可能性。凡尔纳赞扬科学技术方面的重大发现与发明，用瑰丽的色彩描绘了科学发明的巨大威力与贡献；威尔斯则在肯定科学技术发明积极意义的同时，还关心科学技术发展的社会影响，从这种意义上来说，威尔斯的科幻小说也是一种“哲理小说”，他的作品总是通过幻想中的社会来影射当时的社会和政治，整体上充满了对人类社会未来命运的观照。这切中了科幻小说的核心精神：“科学到底给人类带来了什么？”以及“人类要追求的是怎样的未来？”这种严肃的思想主题使得科幻小说真正成为一种可以“登堂入室”的文学形式，而非止于追求冒险猎奇的低俗读物——尽管在形式上难以区别。因此，也有评论家将1895年（《时间机器》的出版年份）认定为“科幻小说诞生元年”。

威尔斯被认为是未来预言家和社会活动家，但现在看来他主要还是有创造性的艺术家。他曾幻想通过建立一个世界性的政府而达到人类大同的境界，并为此奔波呼吁，当然徒劳无功。他曾认为社会的领导权应该转移到科学家和技术人员手里，但这个柏拉图[①]式的理想当然也无法实现。威尔斯后期的作品被认为对未来保持着勉强的乐观态度，但这与他世界观中根本性的悲观主义是矛盾的。作为科幻小说作家，威尔斯关注着

① 柏拉图（前427—前347），古希腊哲学家，曾提出“哲学家国王”的思想。

科学发展与人性社会的相互关系——如果没有人性的进步，科学的发展只能是人类的灾难。在他用卓越的作品表现科学进步给人类带来希望的同时，他也卓有成效地提醒人类这种进步所带来的危险。在不列颠之战[①]中，在那些被他大声谴责过的纳粹用最先进的飞机扔下的最有破坏力的炸弹的爆炸声中，威尔斯坚持不离开几乎已是一片瓦砾的伦敦。在第二次世界大战结束后的第二年，威尔斯在离八十岁只有两个月时离开了人世。而在这场世界大战开始的那一年，他曾为自己写下一句短小的墓碑文："上帝将要毁灭人类——我警告过你们。"

① 不列颠之战，1940—1941 年间英国和德国在英国上空进行的大空战。

译者序

【小说简介】

《时间机器》第一次提出了“时间旅行”的概念，堪称科幻小说中的经典力作。其雏形，是威尔斯1888年在《科学流派杂志》上发表的故事，名为《顽固的亚尔古英雄》。1894年威尔斯将其改写为名为《时间旅行者》（The Time Traveller）的小说，连载于《全国观察者》；1895年以《时间机器》（The Time Machine）的名字成书出版，引起轰动，几个月内销量就超过了六千本，从而奠定了他作为科幻小说作家的声誉，开创了时间旅行题材的先河。由于朋友威廉·亨利是《全国观察者》的编辑，威尔斯和另外一些作家被叫作“亨利的年轻人”。

威尔斯在小说中探讨了阶级不平等、进化、科学与社会的关系等主题。借助小说中的时间机器，威尔斯带领读者进入了数十万年后的未来乃至地球的末日。从此以后，关于“第四维”的概念及“时间旅行”这个题材被人们广泛认知。

小说的开头平淡无奇，一群人聚集在伦敦郊区南肯辛顿泰晤士河畔的一所宅子里对时间旅行和第四维高谈阔论。但是，时空的转换给小说赋予了神奇的色彩。小说主人公时间旅行者讲述了他乘坐时间机器拜访未来时惊心动魄的遭遇。他发明了一种能在时间维度上任意纵横驰骋的机器，并乘着时间机器穿越时空，抵达公元802701年。由于丢失了时间机器，他不得不在未来待了约有一周，其间经历了许多不可思议的事情，也与一位埃洛伊女性薇娜产生了一段感情。他最初对于未来世界的印象极其美好："埃洛伊人生活舒适悠闲。空中蚊蝇不生，地上杂草不长，到处都是甜美的水果和美丽的鲜花，艳丽的蝴蝶四处翩翩起舞。预防医学的理想已经实现，疾病已经根除。"他原以为未来会是一个人类梦寐以求的大同社会，却发现实际与他原来的想象大相径庭。此时的人类分化为两个人种，地上居民埃洛伊人和地下居民莫洛克人。埃洛伊人终日欢乐嬉戏，不知生活疾苦为何物，过分安逸的生活使他们的体力、智慧退化萎缩。莫洛克人相貌丑陋、野蛮粗鲁、惧怕光亮，只能生活在地面以下，他们把埃洛伊人豢养起来当作食物。时间旅行者历尽千难万险，夺回了时间机器，逃离了那个年代，飞到了几千万年后，迎接他的又是一幕幕荒芜而又凄凉的景象。最后，他终于回到自己生活的年代，将自己旅行的经历一一告诉了朋友们，却并未得到他们的全心信任。为追寻未来的真相，不久以后，时间旅行者又一次踏上了漫漫的时间之旅。这一次，他却再也没有回来。留给我们的是一个永恒的不解之谜。

【历史背景】

作为进化论的支持者，以及妇女投票权和工人权利的忠诚拥护者，威尔斯深受其所处时代的影响。

在19世纪80年代到90年代，英国的人口飞速增长，在1851年到1901年间几乎翻了一番。随着工业化、民主化、城市化的突飞猛进，促使古老的生产方式、生活方式、思维方式发生了变化，成千上万的人从农村和小城镇移居到城市之中。到19世纪末，大不列颠社会成为世界上最城市化的社会：十个英国人中有九个住在城市里。由于经济实力和社会地位上的差别，最富有的居民居住在比城里要宽敞和清洁得多的郊区。城市的外围是中产阶级的居住区，城市的内环是手艺人的居住区，城市的中心则是工人居住的成排房屋，生活条件极其恶劣。人与人之间的阶级结构也发生了剧烈的变化，整个社会日益分裂并简化为资产阶级与无产阶级两个基本群体，贫富差距日益明显，社会矛盾日益严峻。威尔斯从当时的社会状况中得到了启发，对八十多万年后的未来文明做了一番描绘。当时间旅行者最初与埃洛伊人相遇的时候，他以为社会已经进入共产主义阶段。然而，当他对未来世界有了更深刻的认识后，他意识到19世纪的阶级斗争仍在持续进行，并在埃洛伊人和莫洛克人的关系上得到了体现。

【人物介绍】

埃洛伊人

19世纪英国统治阶级的后裔，生活在公元802701年。个头矮小，像孩子一样终日玩乐，懒洋洋地打发时间。他们是素食主义者，夜晚在大宫殿里惶惶然挤成一团就寝，以防御莫洛克人的捕食。虽然最初被时间旅行者激发了好奇心，但他们很快失去了对他的兴趣，除了薇娜—— 一个时间旅行者从河中救起的几乎被溺死的埃洛伊女人。

布兰克

某著名日报的编辑，时间旅行者的座上稀客。当被告知上一周的时间机器实验时，他极度怀疑。当时间旅行者出现在晚宴上时，他打趣道："难道未来没有衣刷吗？"他对时间旅行者所讲的在未来的经历也十分怀疑，评论说："真遗憾，你不是个小说家！"

楚　兹

第二次晚宴的座上客，是一位留着山羊胡子、内向腼腆的男子。

达　什

新闻工作者，参加了第二次晚宴，对自己的报道比对时间旅行者的经历更为感兴趣。

地方长官

地方长官出现在第一次晚宴中。他从未听说过第四维，即时间维度，总的说来，对科学所知甚少。

菲尔比

他被描述为“长着一头红发，喜欢与人争辩”。他是个理性主义者，不相信时间旅行者所说的时间旅行。他并非特别聪明。希尔叶说要是让菲尔比来展示时间机器，并且用时间旅行者的话来进行解释的话，“就算是杀猪的屠夫都能明白菲尔比的想法”。

莫洛克人

在公元802701年，莫洛克人生活在地下。他们是19世纪英国劳工阶级的后裔。他们长得像猿猴，浑身灰白，长着一对奇异的暗红色的大眼睛，头上和背上长有浅黄色的毛，对光和火非常畏惧。他们依赖捕食埃洛伊人为生，把埃洛伊人作为食物的来源。他们偷了时间机器，并一直追捕时间旅行者。但最终时间旅行者从他们手中夺回了时间机器，并乘坐时间机器逃了出去。

年轻人

年轻人只出现在第一次晚宴中，参与了对于时间旅行的讨论。

时间旅行者

我们主要是通过他所讲的故事来了解他的。一个有一定社会地位，却对社会有清醒认知的发明家、科学家，居住在里士满。

他发明了时间机器，从而能在时间维度里旅行。他的眼睛是灰色的，炯炯有神，平日里面色苍白，但激动时就会面红耳赤。他受过良好的教育，了解生物进化论和共产主义，还很诙谐，爱开玩笑。希尔叶说他“不仅仅是有几分异想天开的怪念头”。

薇　娜

薇娜是个埃洛伊女人，在河里沐浴时由于抽筋险些被淹死，时间旅行者在其他埃洛伊人袖手旁观的情况下将她救了起来。她陪伴着时间旅行者一起寻找时间机器，时间旅行者从她那里得到了不少关于未来世界的信息，他俩亲密无间。在时间旅行者回到他所生活的年代的前一天晚上，她死于时间旅行者为抵挡莫洛克人而点燃的大火中。

医　生

两次参加晚宴的三位客人之一，另外两位是希尔叶和心理学家。在久候主人时间旅行者不至时，他建议大家按时间旅行者留言指示的那样按时就餐，并代为履行了主人的职责，可见他与时间旅行者私交甚笃。但他并不相信时间旅行者的实验，认为时间旅行者耍了花招。他也同样不相信时间旅行者的故事，认为那是时间旅行者在劳累过度下产生的胡思乱想。

希尔叶

希尔叶是本书的叙述者，是唯一对时间旅行者的故事坚信不疑的人。小说的主要内容是时间旅行者所讲述的故事，其中还穿插了希尔叶直接对读者抒发的感想。时间旅行者对于人类的未来持悲观态度，而希尔叶始终对未来充满希望，他说即使时间旅行者的故事是真实的，人类最终走向灭亡，“我们还得若无其事地活下去”。

心理学家

心理学家出现在两次聚会中，他认为历史学家会觉得时间旅行极为有用，评论说人们可以回到过去，去核实关于黑斯廷斯战役的权威记载。时间旅行者选择让他按下时间机器模型的启动杆开始了实验。

【章节摘要】

第一章

故事一开头，时间旅行者的朋友和熟人正在他的家中参加晚宴，其中有医生、心理学家、年轻人、地方长官、菲尔比和小说的叙述者希尔叶。时间旅行者说，所有事物不仅存在于三维空间之中，而且也存于时间之中，引发了客人们与他的争论。他们断言时间不是一个维度，因为人们不能像在三维空间里那样在时间里自由移动。时间旅行者拿来时间机器的模型做实验。他让心理学家按下了启动杆，机器消失了，据他的说法，机器进入了时间旅行。接着，时间旅行者领着宾客们参观了真正的时间机器，宣称他计划亲自进行时间旅行。

第二章

一周以后，希尔叶、医生和心理学家再次来到时间旅行者的家中参加晚宴。在这里，他们遇到了三位新客人：布兰克、达什和楚兹。他们久候主人不至，自行开饭，正吃得热闹时，时间旅行者突然回来了。他形容憔悴，清瘦了许多，浑身上下脏兮兮的。梳洗了一番后，时间旅行者狼吞虎咽地据案大嚼。他承诺详述他的离奇经历，信誓旦旦地说他在未来度过了八天时光。客人们对此疑虑重重，认为他“是个聪明得过了头的人，以至于难以令人信服”。

第三章

在这一章里，时间旅行者讲述了他在未来的故事。他先是对时间旅行作了一番描述，“那是令人极其难受的”，“在一分钟或者更短的时间内，一年就过去了”，沧海桑田，物换星移，难以捉摸的朦胧世界在他眼前掠过。他最终决定着陆，结果遇上一场下得很大的冰雹，透过雾蒙蒙的风雨，隐约可见白色大理石雕出的斯芬克斯巨像。他突然一阵惊恐，跑回时间机器旁，想要离开。就在此时，一群小人迎了上来。当他看到小人个头矮小——或许才四英尺高、体态纤弱时，重拾自信。

第四章

这是公元802701年，时间旅行者发现小人们的智力水平跟五岁孩童差不多。小人们把他带进了一座大宫殿。时间旅行者发现小人们是素食主义者，以水果为食。他试图学习小人们的语言，却发现他们非常懒惰。本章还描写了时间旅行者对于未来世界的第一印象和一些猜测。

第五章

这是整本小说中最长的一章。时间旅行者发现时间机器丢失了，开始四处寻找。他猜测时间机器就在白色斯芬克斯像的基座里。然而，他打不开铜门，也得不到埃洛伊人的帮助。在探索泰晤士河谷的途中，他发现一些很深的圆井，推测是大型通风系统的一部分。不过后面证明这种假想是错误的。

他偶然救起了溺水的薇娜，开始了与她的友谊，并从她那里得到了许多关于未来世界的信息。薇娜极度惧怕黑暗，时间旅行者后来得知这与莫洛克人有关，他们总是在夜晚捕食埃洛伊人。

在一次外出寻找遮阴避暑的地方时，他遭遇了莫洛克人，发现这是一种猿猴般的生物。他渐渐地明白了事情的真相：埃洛伊人和莫洛克人都是人类的后裔。所不同的是，他所描写的埃洛伊人是以前的有产者变异的结果，他们成了相貌俊美、举止优雅但弱不禁风，连自卫能力都没有的地上居民；而无产者则变异成了相貌丑陋、野蛮粗鲁、怕见阳光的地下居民，他们凶残、报复心重，统治并奴役着埃洛伊人。这两种人的共同特征是失去了思想的能力，成为靠本能生存的动物。

第六章

时间旅行者发现了一座大型的绿色建筑物，他称之为青瓷宫殿。他晚些时候将重访此地。

在这一章中，他坚持下井探索莫洛克人的地下世界，薇娜对此十分忧虑。但时间旅行者一意孤行，进入了地下的隧道迷宫。当莫洛克人试图袭击他时，他划燃火柴吓退了他们。但逃离莫洛克人的地下巢穴让他用光了所有的火柴。

第七章

由于被树林所阻，夜晚来临时，薇娜和时间旅行者还没有赶到青瓷宫殿，只能在小山冈上暂歇一宿。时间旅行者沉思着人与宇宙的联系，推测莫洛克人和埃洛伊人之间的关系，他得出结论，地下居民莫洛克人出于习惯和对肉食的需求维持地上居民埃洛伊人的生活。这种想法令他反感，并坚定了他找回时间机器的决心。

在这一章中，时间旅行者提供了他未来旅行的唯一证据，薇娜放在他口袋里的两朵已经凋谢的白花。

第八章

时间旅行者和薇娜到达了青瓷宫殿，发现这是一个巨大的博物馆，有博物学部、古生物部和地质部。时间旅行者找到了一盒没有受潮的火柴和樟脑，还从一台机器上掰下了一根铁棒，准备用这些工具抵御莫洛克人的进攻。

第九章

薇娜和时间旅行者起程前往白色斯芬克斯像，后者坚信时间机器就在那里。半路上他们遭到了莫洛克人的袭击。时间旅行者点燃火柴吓阻他们。搏斗和长途跋涉弄得两人困倦不堪，沉沉睡去。莫洛克人发动了攻击，关键时刻，却落荒而逃。原来是时间旅行者先前放的那把火引发了森林火灾。在混乱中，时间旅行者与薇娜走散了。

第十章

时间旅行者发现白色斯芬克斯像基座下的铜门打开了，时间机器就在里面。自恃有火柴在身的时间旅行者进去之后，莫洛克人关上了门。在与莫洛克人搏斗了一番后，时间旅行者最终成功地启动了机器，进入了时间维度。

第十一章

时间机器降落在一片荒凉的海滩上，地球的景观荒芜而又死寂。时间旅行者发现那里没有人烟，却有白色的蝴蝶在飞舞，还有许多身躯庞大、相貌凶恶的螃蟹在爬行。他重新使机器运行起来，他发现地球在三千多万年以后已成为一个寒冷而寂寞的庞然大物，受到快要熄灭的太阳的微弱照耀。时间旅行者非常恐惧，开动机器掉头返航。

第十二章

时间旅行者回到了他自己生活的年代，他确信他的经历不是梦想，而是千真万确的事实。可他的宾客们都对此表示怀疑，除了希尔叶。他第二天又拜访了时间旅行者，想看看更多的证据。时间旅行者告诉他自己将再次去未来旅行并带回标本和照片。希尔叶目睹了时间旅行者乘坐时间机器离去时的情景，并一心等待他的归来。但三年过去了，时间旅行者一直没有回来。

尾　声

希尔叶推测时间旅行者身在何方，提到了时间旅行者对人类发展的悲观看法。希尔叶持不同意见，认为即使未来希望渺茫，人类仍应保持希望。薇娜馈赠于时间旅行者的两朵白花就象征了这样的希望和人世间的温情。

【写作风格】

《时间机器》是最能体现威尔斯写作风格的作品之一，将科学幻想与社会批评有机地结合起来，借助于幻想的形象、怪诞的人物、大胆的想象、离奇的情节和夸张的手法来表现威尔斯一贯的批判意识，表达了作者对社会两极分化的忧虑和对人类未来的思考，用幻想和寓言的方式预示社会冲突加剧所可能造成的后果。他的科幻小说创作，也是他试图通过教育和科学技术改造社会的一种尝试和努力。

小说情节生动，许多场面冲突激烈，高潮迭起，富有戏剧性。作者还善于设置悬念，以清晰、睿智的语言，让我们徜徉在那众多的疑惑和悖论中间，不能自拔。例如，在《时间机器》中，未来社会两极分化的人类的各自的特征及相互关系，以及造成这种状态的根源，在小说中都是先以谜面出现，使我们与时间旅行者一同困惑、紧张，一同调查、探究，再逐渐把谜底揭开。这种写作手法扣人心弦，引人入胜，使小说的可读性大大增强。

威尔斯还用象征阐发想法、诠释情感，从而有机地将作品的众多主题编织在一起。例如，青瓷宫殿意味着家园、文明和灭绝的概念。白色斯芬克斯像代表着埃洛伊人和莫洛克人所处社会时期在灭亡边缘徘徊的没落文明。时间机器则象征着维多利亚时期的发展和希望，同时也暗示了科技可能带来的危害。另外，威尔斯用当时别的作家描绘伦敦贫民区穷人的语言描写莫洛克人，暗示了劳动者对剥削者的仇恨。

小说采用第一人称，以“追述之中套追述”的模式叙事，由两个叙述者分别以各自的回顾性叙述展开。希尔叶提供了故事框架，真正的故事却是由时间旅行者来叙述的。两位叙述者各自的叙述都暗含两个视点，即追忆往事时的视点和被追忆起的正在经历该事件时的视点。

小说逻辑缜密，对未来景物描写细致生动，人物心理刻画细腻深入。其场景描写大多得益于作者的亲身体验。例如，

《时间机器》中莫洛克人的地下世界，就是威尔斯根据童年常待的乡绅宅第的地下室厨房，以及他做学徒期间所栖身的简陋的地下室，加以润色而成。

威尔斯借助其广博的自然科学知识，在创作时运用了当时先进的科学技术，特别是现代物理学和生物遗传学、基因改造工程等，由于某些科幻作品堪称杰出的科学预言，他被当时文坛誉为“能预知未来的人”。但威尔斯并不拘泥于这些科学理论，认为自己的作品是充满想象的“科幻传奇”。他还擅长把科学知识通俗化，成功地在“通俗小说”和“哲学思辨”之间建立了联系。因此，小说虽然含有略嫌深奥的科学原理和专业术语，但读来并不晦涩难懂或枯燥乏味，引人入胜的情节激起了普通大众强烈的阅读欲望，又无损于威尔斯在小说整体上闪烁的智慧之光。

威尔斯通过这部作品，也为后世科幻小说立下了某些规范，如不管作品中的科学幻想是否可以实现，作者必须提供一个可以自圆其说、基本还是在科学框架内的依据与逻辑等。他曾经说过，科幻小说的作者所面对的挑战就是“哄骗”读者接受某种看似真实的假设，然后尽量合情合理化所编的故事，避免冗余的荒诞成分。威尔斯在这部小说开头进行了大篇幅的科学哲理讨论，为的是帮助读者“克服不可能心理”。这种“如果某种科学技术得以实现，那么未来将……”的开篇方式本身，也成为科幻小说的一种经典范例。

总的来说，威尔斯开创了"软科幻"的创作道路，成为欧洲科幻小说创作的典范。

【作品评论】

《时间机器》用达尔文的进化理论解读了遥远的未来，描述了一颗即将死亡的星球。

——布赖恩·奥尔迪斯（英国著名科幻作家，曾任世界科幻协会主席和英国布克奖评委）

《时间机器》是威尔斯最早获得成功的一本科幻小说，也是他最出色的作品之一，它带给人们的不仅仅是精神文化层面的享受，更多的是对社会问题的深层思考。既有娱乐作用，又有讽刺意义，在介绍科学知识的同时，穿插针砭时弊的功能，用科学幻想暴露了社会及人性的矛盾与黑暗，彻底粉碎了科学与田园牧歌相联系的浪漫梦想。

这部小说是一部"19世纪阶级斗争和人类进化相结合"的伟大著作，"可被当作暴虐的工业化对阶级冲突作用的预言来读，而在19世纪，这种冲突已经是社会问题的火药桶"。有人称威尔斯是达尔文和柏拉图的结合体，柏拉图的理想国思想形成其科幻作品的社会伦理意义，而达尔文的进化论观点则是其科学观的出发点。

评论家往往把《时间机器》与朱尔斯·维恩的冒险小说以及罗伯特·路易斯·史蒂文森的《杰凯尔医生和海德先生》进行比较。经过一个世纪，这部小说赢得"科幻小说经典"的名声。著名的科幻小说作家艾萨克·阿西莫夫对小说大加赞赏，评论说："威尔斯玩了个花招，以恰如其分的严肃解释不可能的事情，诱导读者快活而又不能自拔地一路读下去。"维·索·普里切特也对这部小说青睐有加，赞美之情溢于言表。他在他的论文《科技罗曼史》中写道："毫无疑问，《时间机器》是最好的作品之一，它将跻身于伟大的英语小说行列。"伯纳德·贝尔贡齐，一位研究威尔斯的专家，在他的论文《〈时间机器〉：一则讽刺的神话》中评论说小说的浪漫成分多于科学成分，更接近于19世纪美国作家如赫尔曼·梅尔维尔和纳撒尼尔·霍桑的浪漫小说，而不是朱尔斯·维恩的作品。罗伯特·M.菲尔穆斯研究了这本小说对于各种当时空想的讽刺能力，在他的论文《〈时间机器〉中预言的逻辑性》中，他回顾了关于《时间机器》的大量文章，得出在小说末尾时间旅行者再次踏上漫漫时间之旅，"增强了小说完整性"的结论。其他评论家侧重于评论小说的情节和娱乐能力，例如，《赫伯特·乔治·威尔斯》的作者理查德·霍尔·科斯塔，对于威尔斯的写作和生平做了一番研究，将小说称作"惊心动魄的宇宙探险故事"。

威尔斯的科幻作品改变了凡尔纳科幻小说的乐观主义倾

向，重新拾回了英国文学中那种对前途的忧虑和不安，但在其悲观的作品中总是伴有希望的闪光。

当然，威尔斯也有其不足之处，他虽然能够看到前途的悲剧性命运，却感到束手无策，无能为力。另外，按史学名家巴赞的话说，威尔斯的小说“只能算故事，人物可信，但没有令人难忘的虽属虚构但近似生活的情景”。

【社会意义】

威尔斯奉行的逆行演化理论和他对所处时代多数社会和经济现象的不满，导致了这本小说的悲观基调和苍凉笔触。威尔斯用进化论的观点向人们展示出一幅幅触目惊心的未来画卷，对我们自鸣得意的科技进步及其所带来的美好后果提出了质疑。然而小说中时间旅行者的哲学演说表明，如果人类抓住机会改变现实的话，那么未来不见得会出现不乐观的前景。时至今日，我们仍有机会扭转未来。

【作品改编】

《时间机器》曾三次被改编成电影。1960年由现代科幻电影之父乔治·帕尔首次搬上银幕，主要演员有汤姆·赫尔莫、伊薇特·米米亚克斯、塞巴斯蒂安·卡伯特、罗德·泰勒、艾伦·扬、惠特·比斯尔等。

1978年，《时间机器》被再次搬上银幕，由海宁·谢勒拉普导演，约翰·贝克、普里西拉·巴恩斯、杰克·克鲁申主演。

在20世纪70年代，小说还被改编为电视剧，极受欢迎。

2002年的《时间机器》翻拍自1960年的同名作品，影片由赫伯特·乔治·威尔斯的曾孙西蒙·威尔斯导演，盖·皮尔斯与杰利米·艾恩斯主演。该片的制片沃尔特·帕克斯评论说："时间返回到20世纪60年代初，《海底两万里》和《地心游记》这类影片引发了我们无穷的幻想，而这些影片的祖师爷就是乔治·帕尔执导的1960年版的《时间机器》。今天，我们拥有的技术使我们可以打造出一个威尔斯曾经想象过但制造不出来的世界，这是相当令人振奋的。当然，这个故事的基本情节——亚历山大身着马甲、系着领带、外套夹克，爬进了那个美丽的手工制造的维多利亚式机器，进入未来世界旅行——时至今日仍然像当初一样给人留下深刻的印象。"

【衍生作品】

《时间机器》是世界科幻小说史上第一部时间旅行题材的科幻小说。后世的时间旅行作品，无不直接或者间接地受到这部作品的启发，"时间机器"也成为以后多部科幻小说使用的幻想素材，一直为后来不少科幻作品所反复借用，成为时空旅行的主要工具。如电影《比尔和特德历险记》中的电话亭和电视系列片《胡博士》中那个超正方体，或是星际探险小说中的太空飞船，都可看作时间机器。

《时间机器》之后，出现了多部借用原著中的时间旅行者或是时间机器进行再创作的衍生作品。典型的是伊冈·福利得尔创作于1972年的小说《时间机器的回归》，讲述了主人公去到不同的时代，寻找原著中那位未能归来的科学家的故事。电影Time After Time(1979年，1985年)，则是一个幼稚的故事，主人公偷走了时间机器逃到1979年，威尔斯追寻而至，被当作一个来自乌托邦的大傻瓜。

目 录

第一章

时间旅行者（这样称呼他较为方便）正在给我们讲解一个深奥难懂的问题。他灰色的眼睛炯炯有神，不时一眨一眨的。平日里总是苍白的脸庞此时满面红光，神采奕奕。壁炉里炉火熊熊，白炽灯从银制百合花状的灯盘里漾出柔和的光晕，映在我们玻璃杯中不时泛起又破灭的气泡上。我们坐的椅子，是他匠心独运的作品。与其说我们坐在椅子上，倒不如说是陷在椅子里，感觉十分舒适。我们沉浸在晚餐后惬意的氛围中，任凭思绪纷飞，自由徜徉。他一边用修长的食指比画着要点，一边向我们讲述这个深奥的问题。我们懒散地坐着，对他在这个新谬论上（我们是这样认为的）表现出的热忱和丰富的想象力，着实有几分钦佩。

“大家仔细听我说。我不得不反驳人们几乎深信不疑的一两个观点。比如，你们在学校里学的几何学就是建立在错误概念之上的。”时间旅行者说。

“让我们从这儿听起，你也未免把话题扯得太远了吧？”菲尔比说。他长着一头红发，喜欢与人争辩。

“我绝不是要你们相信什么无稽之谈。很快，你们就会相信我需要你们相信的内容。你们当然知道，数学上所谓的一条高度为零的线，在现实中并不存在。在学校学过吧？数学上所说的厚度为零的平面，在现实中也是没有的，这些纯粹是抽象的东西。”时间旅行者解释道。

“说得没错。”心理学家说，“仅有长、宽、高的立方体实际上也不可能存在。”

“这一点我反对，”菲尔比说，“固体当然可以存在，包括一切实实在在的东西……”

“这也是多数人的想法。不过等一下，一个瞬间即逝的立方体能够存在吗？”时间旅行者问道。

“没听明白你的意思。”菲尔比说。

“一个存在时间为零的立方体能真正存在吗？”时间旅行者反问道。

菲尔比陷入了沉思。“很明显，”时间旅行者接着说，“任何实物都处于四维空间中：它一定有三维坐标（长度、宽度、高度）和时间。但由于人类与生俱来的缺陷——这点我稍后再作说明——我们往往容易忽视这一事实。世界实际上是四维的，其中三维是被我们称为空间的三个平面，而第四维就是时间。然而，人们总是习惯于在前三者和后者之间划一个子虚乌有的界限，因为在我们的一生中，自始至终，意识都是沿着时间维度做间歇性的运动。”

“这？”一个年轻人嘟哝着，哆哆嗦嗦地把他的雪茄重新凑到灯火上点着了，“这……的确很明显。”

“唉，人们大都忽视了这一点，真是不可思议。”时间旅行者继续说道，他的兴致更浓了，“实际上，这就是第四维的内涵，虽然有些人谈论第四维时并不知道他们表示的就是这个意思。这只是看待时间的另一种方式。除了我们的意识是沿着时间向前运动的之外，时间和空间三维并没有什么区别。可有些笨蛋把这个观点的意思搞颠倒了。你们领教过他们有关第四维的高见吗？”

“我——没领教过。”地方长官说。

“简单说来，是这样的。按照数学家的理念，空间有三维，可以分别称其为长度、宽度和高度，而且始终可以通过彼此垂直的三个平面把它们表示出来。但是，有些人总是喜欢打破砂锅问到底，问为什么偏偏只有三维——为什么不会有另一维来同其他三维相垂直呢——他们甚至试图建立一种四维几何学。大约在一个月之前，西蒙·纽科姆教授[1]还向纽约数学协会阐述过这个问题呢。大家都知道，我们可以在只有两维的平面上描绘一个三维的立体效果图。同样，依此类推，他们认为只要能掌握物体的透视画法，就能通过三维模型来表现四维的东西。明白了吧？”时间旅行者说。

“我想是这样的。”地方长官嘀咕着。他眉头紧锁，陷入沉思，双唇翕动，好像在重复着什么神秘的咒语。过了一会儿，他的脸上忽然露出了喜色，说道：“是的，我想现在我明白了。”

“嗯，不妨告诉大家，我研究四维几何学已经有些时日了。我的部分研究成果颇为奇妙。例如，一个人不同年龄时的肖像，八岁时的，还有十五岁时的，十七岁时的，二十三岁时的等等。这些显然都是固定不变的片段，在某种程度上，是用三维表现出来的四维生命。”

“思路严谨的人。”时间旅行者稍做停顿，以便使我们能够充分理解他所讲的内容，然后接着说，“十分明显，时间只是空间的一种。这是一张常见的用来记录天气变化的科学图表。我手指着的这条线，标明了气压的变化情况。昨天白天气压升到了这个高度，到了夜里它又降下去了，今天早上再次上

---

① 西蒙·纽科姆（1835—1909），美国天文学家、数学家，海王星的发现者。威尔斯在这篇小说中提到了西蒙·纽科姆，正说明在19世纪末时，高维几何在数学界所引起的震荡。

升，缓缓地升到这里。气压计里的水银柱肯定并没有沿着我们公认的三维空间中的任何一维，标出运动轨迹。但是，它又确确实实地标出了这条运动轨迹。由此我们可以推断，它是沿着时间维度移动的。”

“可是，”医生紧盯着炉火里的一块燃烧着的煤，问道，“如果时间真的仅仅只是空间的第四维，那为什么人们现在把它看作不同的东西，而且历来把它和其他三维区分开呢？为什么我们不能像在三维空间里那样在时间维度里自由移动呢？”

时间旅行者笑了：“你真的认为我们能在空间中自由移动吗？我们可以前后左右任意移动，我们平时经常这样做。我承认我们在二维空间中能够自由移动。但是，我们能上下任意移动吗？受地球引力的限制，我们只能待在地面上。”

“不完全是这样，”医生说，“用气球就能行。”

“但是在气球发明之前，除了间歇性的跳跃和利用地势的高低不平上下活动外，人是不能任意垂直运动的。”

“不管怎么说，他们还是可以略微上下移动的。”医生说。

“向下要比向上容易，而且要容易得多了。”

“但是你根本不能在时间里移动，你无法离开当前这一刻。”

“亲爱的先生，你错就错在这里，这也是所有人一直都在犯的错误。我们经常脱离此时此刻。我们的精神存在是非物质性的，并且是没有维度的。从我们出生伊始到死亡结束，它沿着时间维度匀速向前。这就像我们的生命，如果是从离地五十英里的高空开始其历程的话，就必定会向下降落到地面上一样。”时间旅行者回答道。

“可关键在于，”心理学家插话说，“你能在三维空间里朝任何一个方向运动，但你却无法在时间里任意活动。”

“那恰恰给了我灵感，从而促成了我的伟大发明。但是，你说我们在时间里不能运动的说法是错误的。比如，如果往事栩栩如生地重现于记忆当中，那我就相当于身临其境了。就像你们说的，我怔怔地出神，便回到了往事发生的那一刻。当然，我们无法回到过去停留一段时间，就像一个野人或一头动物，不借助外力就无法待在离地六英尺的半空中一样。但是在这方面，文明人要比野人强得多，他可以乘气球克服地球引力上升。既然这样，他为什么不能指望自己最终能沿着时间维度停止运动或加速运动，甚至逆向运动呢？”

“哦，这，”菲尔比开口道，“是完全……”

“为什么不行？”时间旅行者问。

“这不合情理。”菲尔比说。

“什么情理？”时间旅行者问。

“就算你说得天花乱坠，能颠倒黑白，”菲尔比说，“你也永远说服不了我。”

“或许不能，”时间旅行者说，“但你现在开始明白我钻研四维几何的目的了。很久以前，我曾大致构想过一种机器……”

“在时间中旅行！”那个年轻人惊叫道。

“驾驶着它，人们将能随心所欲地在时间和空间中任意遨游。”时间旅行者说道。

菲尔比对此付之一笑。

“我可有实验作为依据。”时间旅行者说。

“这对于历史学家们来说，简直太方便了，”心理学家提示说，“譬如，他可以回到过去，去核实关于黑斯廷斯战役[①]的权威记载！”

“难道你不觉得有些过于张扬了吗？”医生说，“我们的祖先可不太能容忍年代上出现混乱。”

“人们可以直接师从荷马[②]和柏拉图[③]学习古希腊语了。”年轻人说道。

“要真是那样的话，你参加剑桥大学文学士初试肯定及不了格。古希腊语已经被德国学者做了许多改进，与以前大不一样了。”心理学家马上反驳道。

---

① 黑斯廷斯战役：公元1066年10月14日，哈罗德国王的盎格鲁—撒克逊军队和诺曼底公爵威廉一世的军队在黑斯廷斯（英国东萨塞克斯郡濒临加莱海峡的城市）地域进行的一场交战。诺曼人最终在此打败了不列颠人，征服了英国。

② 荷马（约前9—前8世纪）：相传为古希腊的游吟诗人，生于小亚细亚，失明，创作了史诗《伊利亚特》和《奥德赛》，两者统称为《荷马史诗》。

③ 柏拉图（前427—前347）：著名的古希腊哲学家，他写下了许多哲学的对话录，被公认为西方哲学的奠基者之一。

“还有未来呢，”年轻人又说，“想想看！人们可以把他们所有的钱投资下去，让它在那里生息赢利，然后再赶到未来去享用。”

“去发现一个社会，”我说，“一个建立在严格的共产主义基础上的社会。”

“尽是些不着边际的奇谈怪论！”心理学家说。

“是的，我以前也这么想，所以从不谈论此事，直到……”

“直到实验证明！”我叫了起来，“你能证明它吗？”

“实验！”菲尔比喊道。他已经听得晕头转向了。

“无论如何，让我们看看你的实验，”心理学家说，“尽管你也清楚这纯属骗局。”

时间旅行者朝我们大家笑笑。接着，依然带着淡淡的笑意，他双手深深地插在裤兜里，慢腾腾地走出了房间。我们听见他趿拉着拖鞋，沿着长长的过道向实验室走去。

心理学家望着我们说：“他到底在搞什么名堂？”

“不过是想要耍花招罢了。”医生说。菲尔比正准备给我们讲他在伯斯勒姆[①]看到的一个魔术师，可刚开了个头，时间旅行者就回来了，他只好作罢，不再提那桩逸事。时间旅行者手里拿着一个明光铿亮的金属架，其大小和一只小座钟差不

---

① 英国地名，在西经 2° 12′、北纬 53° 02′ 的位置。

多，做工非常精细，里面镶有象牙和某种水晶般透明的东西。现在我必须把看到的一切都交代清楚，因为接下去的事情——除非人们接受他的解释——绝对能弄得人一头雾水，百思不得其解。他把扔在房间里的一张八角形桌子挪了过来，摆在壁炉前，两条桌腿压在炉前的地毯上。他把那个机械装置摆在桌上，然后拖过一张椅子坐了下来。桌子上另外还摆着一盏罩着灯罩的小灯，明亮的灯光照射在这个模型上。周围还点着十几支蜡烛，两支插在壁炉架上的铜烛台上，另外几支插在墙上突出来的烛台上，所以房间里灯火通明。我坐在最靠近炉火的一把扶手椅上，随即又把椅子向前挪了挪，几乎置身于时间旅行者和壁炉之间。菲尔比坐在时间旅行者的背后，越过他的肩膀向前张望。医生和地方长官在时间旅行者的右侧注视着，心理学家坐在他的左侧，年轻人则站在心理学家的后面，我们个个全神贯注。在我看来，在这种情况下，任何骗局，无论构思多么巧妙，手段多么高明，都不可能在我们眼皮子底下蒙混过关。

时间旅行者看了看我们，又看了看那个机械装置。“怎么样？”心理学家说。

“这个小玩意儿，”时间旅行者说，他把胳膊肘撑在桌子上，双手按着那个金属架，“只是一个模型。我计划让机器穿越时间。你们会注意到，这东西看上去歪歪扭扭的，有根表面闪闪发光的横杆，样子很古怪，看起来有点假。”他一边说一边用手指了指，“还有，这里有一根白色的小操纵杆，那边还有一根。”

医生从椅子里站了起来，眼睛紧紧地盯着机器。“做得真漂亮。”他说。

“我花了两年的工夫才做出来的。”时间旅行者回答道。然后，我们都像医生那样细细观察，又赞叹了一番。他接着说：“现在我希望你们能清楚地知道，一按这根操纵杆，这台机器就会顺利地进入未来。另一根操纵杆是用来做逆向运动的。这鞍状物充当一个时间旅行者的驾驶座。我马上就要按下这根操纵杆了，一松手机器就会飞离出去。它将慢慢消失，进入未来的时间，最后无影无踪。请你们好好看看这玩意儿，也看看这张桌子，确信我没有在这中间做过任何手脚。我可不想损失了我的模型，还要被人当作江湖骗子。”

一分钟左右，没人吭声。心理学家似乎想对我说点儿什么，却欲言又止。接着时间旅行者向操纵杆伸出手指。“不，”他突然说，“借用一下你的手。”他转向心理学家，握住他的手，并叫他伸出食指。因此，是心理学家亲手把时间机器的模型送入了漫无止境的时间之旅。我们都目睹了那根操纵杆的转动，我百分之百肯定这里面没有要花招。就在这时，一阵风吹来，灯焰跳动了几下，壁炉架上的一支蜡烛被吹灭了。那台小机器突然旋转起来，变得模糊不清，顷刻间成了个幻影，像一个闪着微光的黄铜和象牙转出来的旋涡。它离去了——消失了！桌子上仅余一盏孤灯，除此之外空荡荡的一无所有。

大家沉默了片刻。接着菲尔比说："真是活见鬼了。"

心理学家从惊愕中回过神来，赶紧朝桌子底下看去。时间旅行者看到后开怀大笑："怎么样？"他模仿着心理学家刚才说话的腔调。随后他起身走到壁炉架上的烟叶罐前，背对着我们，开始往烟斗里塞烟丝。

我们面面相觑。"喂，听我说，"医生先开口了，"你这是当真的？你真的相信那台机器已进入时间旅行了吗？"

"当然相信。"时间旅行者说。他弯腰在炉火上点燃了一根点火用的纸捻儿[①]，然后他转过身来，一边点燃烟斗，一边望着心理学家（心理学家故作镇定，自己拿起一支雪茄，连雪茄头都未修剪[②]就点了起来)。"此外，我那里还有一台大机器即将完工。"——他指了指实验室——"安装完毕后，我打算亲自旅行一趟。"

"你是说那架机器已经去未来旅行了？"菲尔比问。

"到底是去了未来还是过去——我也不能确定。"

隔了一会儿，心理学家来了灵感。"如果它真去了什么地方

① 指用易燃纸搓成的点火纸卷儿。

② 圆头平尾的雪茄烟在吸食过程中要剪两头。开始吸的时候，要修剪封闭的"头部"，吸完后（一支雪茄烟一般分两三次吸完）剪烟头，剪的时候要将烟头的炭化部分全部剪掉，以便下次继续吸食。

的话，那它一定是回到了过去。”他说。

“为什么？”时间旅行者问。

“因为我认为它没有在空间里发生位移。如果它旅行去了未来，那么它现在应该还在这儿，因为它必须经过现在这一时刻才能进入未来。”

“可是，”我说，“如果它回到过去的话，那我们刚进房间时就应该能看见它。上星期四当我们在这里时，还有上上个星期四，依此类推，都应该见得到它！”

“有力的反驳。”地方长官评论道。他转向时间旅行者，摆出一副不偏不倚、公正无私的架势。

“根本不是这样。”时间旅行者回答道。然后，对心理学家说：“只要你想一想，就能说明它的原因。它出现的时间短于我们视觉的最小反应时间，所以我们对此察觉不到。”

“当然。”心理学家说。为了消除我们的疑虑，他继续解释说：“这是心理学方面的一个简单观点。我早就该想到的。一点儿也不复杂，而且令人高兴的是，有助于解释这个似是而非的现象。我们无法看见，也无法欣赏这台机器的原因，就跟我们无法看清旋转的轮辐和在空中飞过的子弹的原因完全一样。如果机器在时间中旅行的速度是我们速度的五十倍或者一百倍，如果它经过一分钟我们才经过一秒钟，那么它留给我们的印象，自然只有在平常状态下留给我们的印象的五十分之一或一百分之一，这再简单不过了。”他伸手摸了摸原先放机器的地方。“你们明白了吧？”他笑着问道。

我们坐下来，盯着空荡荡的桌子看了好一会儿。接着，时间旅行者问我们对所发生的事有什么想法。

“在今天晚上，这一切听起来相当合情合理，”医生说，“不过等到了明天，等明天早上大家清醒了再下定论。”

“你们想看看真正的时间机器吗？”时间旅行者问。说完他拿起一盏灯，领着我们沿通风的长廊朝他的实验室走去。我清楚地记得在摇曳的灯火照耀下，他那大脑袋的古怪侧影和我们晃动的身影，记得我们如何将信将疑地跟着他，如何在实验室目睹了那台就在我们眼前消失的机器模型的大号翻版。机器的部件有些是镍制的，有些是象牙做的，还有些是用无色水晶石锉成或锯成的。除了摆在工作台上几张图纸边的数根晶体扭杆没做完外，机器已基本完工。我拿起其中一根仔细地看了看，好像是用石英制成的。

“嘿，我说，”医生问道，“你是认真的吗？或者只是恶作剧而已——就像去年圣诞节你给我们看的那个鬼一样？”

“坐这台机器，”时间旅行者把手里的灯高高地举起，说道，“我打算去探索时间，明白了吧？我这辈子还从未如此认真过。”

我们谁也不知道该怎样理解他这句话。

越过医生的肩膀，我和菲尔比的目光相遇了，他一本正经地对我使了个眼色。

第二章

我想我们当时都对时间机器的存在疑信参半。事实上，时间旅行者是个聪明得过了头的人，以至于难以令人信服。你总觉得看不透他，你总是怀疑他表面坦率，心里却有所保留，另有一番算计。要是让菲尔比来展示这台机器，并且用时间旅行者的话来进行解释的话，我们就不会这样疑虑重重了，因为我们肯定能看穿他的动机，就算是杀猪的屠夫都能明白菲尔比的想法。但是，时间旅行者天性有些异想天开、肆意妄为，所以我们都信不过他。可以让一个不如他聪明的人名声大振的事情，到他手上看起来就像是骗人的把戏。他的错误在于事情干得太过轻而易举，看似不费吹灰之力就办到了。那些严肃认真的人在认真对待他时，总是摸不透他的一举一动。他们反正也知道，虽然他们擅长判断，可轻易相信他，就像把薄胎瓷器[①]陈设在托儿所里，无异于累卵之危。所以，我想在那个星期四到下一个星期四的这段时间里，我们谁也没有多谈时间旅行的事。虽然我们大多数人的脑子里，无疑还惦记着它还是有些许可能性，但是我们也忘不了它貌似有理，换句话说，实际上缺乏可信度，意味着有可能造成年代颠倒和彻底混乱。就我自己来说，我被机器耍的鬼花招占据了全部心神。我记得星期五在伦敦林奈学会[②]遇见了医生，同他讨论过这个问题。他说他在杜平根[③]见过类似的事情，并且特别强调了蜡烛的熄灭大有名堂。但花招是如何耍的，他没法解释。

接下来的星期四我又去了里士满[④]——我猜想我已经成了时间旅行者的座上常客之一——由于到得晚，我发现已有四五个人聚在他的客厅里了。医生站在壁炉前，一只手拿着一张纸，另外一只手握着他的手表。我环视四周，寻找时间旅行者的身影。“现在已经七点半了，”医生说，“我看我们最好还是先用餐吧？”

“怎么没看到……”我问着，意在询问我们的主人身在何处。

---

① 亦称“脱胎瓷”“蛋壳瓷”，是景德镇著名传统瓷器品种中久负盛名的特种工艺产品之一。瓷胎薄如蛋壳、透光，强度低，极易破裂。

② 林奈学会，成立于1788年，该命名是为了纪念瑞典科学家卡尔·林奈，他首创了双名法。该学会是世界上历史最悠久的生物学会，位于英国伦敦皮卡迪利街的柏灵顿宫。

③ 德国城市，有一所大学。

④ 英国城市，在英国东南部萨里郡。

“你刚到吗？真是怪事，想必他被什么耽搁了。他留了张便条，叫我如果七点钟还不见他回来就先带大家用餐。说等回来以后再跟大家解释。”

“有饭不吃可是暴殄天物。”一位著名日报的编辑说。于是医生摇了摇铃。

除了医生和我之外，心理学家是唯一出席过上次宴会的人。其他几个人分别是上面提到的那位编辑布兰克、某位记者，还有一位留着山羊胡子、内向腼腆的男子，我与他素不相识。据我观察，他整个晚上都一直缄口无言。用餐时，大家都在猜测时间旅行者缺席的原因，我半开玩笑半认真地提起了时间旅行。编辑让我们给他解释一下，于是心理学家自告奋勇地将我们那天亲眼目睹的“巧妙的怪事和把戏”，如实描述了一番。他正讲到一半，通往走廊的门慢慢地、悄悄地被打开了。我正对着门，所以第一个看到门开了。“你好！”我说，“终于回来啦！”这时门敞得更开了，时间旅行者站到了我们面前。我惊奇地大叫一声。

“天哪！老兄，出什么事了？”医生喊道。他是第二个看见时间旅行者的人，随后一桌人都扭头朝门口望去。

他看上去狼狈不堪，外套沾满灰尘，肮脏不已，袖子染上了绿色的污渍，头发乱七八糟，好像变得更加灰白了——如果不是因为头发上的灰尘和污垢，那就是头发真的比以前更白了。他面若死灰，下巴上有一条暗红色的伤口，尚未完全愈合；面容憔悴，疲惫不堪，好似历尽千辛万苦。他在门口踌躇了片刻，仿佛被灯光晃花了眼。随后，他像那些我曾见过的长途跋涉后伤了脚的人一样，一瘸一拐地走进了房间。我们静静地望着他，等他开口说话。

他一声不吭，费劲儿地来到桌前，朝酒瓶做了个手势。编辑斟满一杯香槟，推到他面前。他一饮而尽，这才好像来了点精神。因为他朝桌旁的人望了一眼，脸上又掠过了一丝以往我们熟悉的微笑。“你到底上哪儿去了，老兄？”医生问。时间旅行者好像没听见他的问题。“别让我打搅了你们的兴致，”他说道，声音微颤，“我没事儿。”他说至此又停了下来，伸出杯子再要了点酒，又是一口喝干。“不错。”他说。双眼越来越有神，脸上也微微泛起红晕。他扫了我们一眼，目光中微微有着赞许之色，接着环视了一下温暖舒适的房间。随后他又开口说话了，好像还是不知道该说什么：“我去梳洗一下，换换衣服，然后再下来跟你们解释……给我留点儿羊肉，我想吃肉都要想疯了。”

他瞅了眼编辑，这是位稀客。他向编辑问候了一声，希望他玩得开心。编辑向他提了个问题。“过会儿就告诉你，”时间旅行者答道，“我现在——模样太可笑了！不过，隔一会儿就好了。”

他放下酒杯，朝通往楼梯的门走去。我再次注意到了他步履蹒跚的样子和有点儿虚浮的脚步声。我从座位上站了起来，在他出门的时候看清了他的双脚。他的脚上只套了一只袜子，已经破烂不堪，而且血迹斑斑。这时门在他身后关上了，我真想跟出去帮帮他，可一想到他讨厌别人为他的事情大惊小怪，又打消了念头。我胡思乱想了一阵子。这时，我听见编辑说："一位杰出科学家的惊人之举。"他（出于职业习惯）又在考虑他文章的大字标题了。因此，我的注意力又被拉回到了气氛热烈的餐桌上来。

"这是什么游戏？"记者说，"他一直在扮演业余乞丐吗？我真不明白。"我与心理学家的目光相遇，从他的神情看出我们所见略同。我想起了时间旅行者一瘸一拐爬楼的痛苦模样，以为其他人都没注意到他的脚跛了。

医生最先从惊奇中恢复过来。他摇了摇铃——时间旅行者不喜欢让仆人在餐桌旁侍候——示意上热菜。编辑嘟哝着把注意力转向了刀叉，那个沉默寡言的人也依样照做了。晚餐继续进行。有那么一小会儿，餐桌上的谈话发展成了大呼小叫，还不时冒出几声惊叹。这时编辑再也按捺不住他强烈的好奇心了："我们的朋友是用歪门邪道去赚外快来贴补他不多的收入了呢，还是和尼布甲尼撒二世[①]一样遭遇了放逐呢？"他问

① 尼布甲尼撒，公元前604—前561年曾为巴比伦王，侵占叙利亚和巴勒斯坦，攻占并焚烧耶路撒冷。据《旧约·但以理书》第四章29—33节，他曾创建巴比伦，后来被放逐。《旧约》原文为"当时这话就应验在尼布甲尼撒的身上，他被赶出离开世人，吃草如牛，身被天露滴湿，头发长长，好像鹰毛。指甲长长，如同鸟爪"。

道。“我想他一定是去忙活跟时间机器有关的事了。”我对心理学家刚才的话做了一番补充，继续说了一下我们上次聚会的情形。新来的客人显然对此并不相信。编辑提出了反对意见：“这时间旅行究竟是什么？一个人总不会在似是而非的现象里滚得满身是泥吧？会吗？”说着他想起了什么，于是就讽刺挖苦起来，“难道未来人连衣刷都没有吗？”记者也是怎么说都不相信，跟编辑一道，对整件事情大加嘲讽。他俩都是新式的新闻工作者——那种生性快活又多少有些无礼的年轻人。“《后天报》的特派记者报道说……”记者正说着，或者说嚷嚷着，时间旅行者回来了。他身着一套普通的晚礼服，面容依旧憔悴，但已不再是刚才那种让我们震惊的样子了。

“我说，”编辑打趣说，“这帮家伙说你已经到下星期旅行过了！给我们讲讲小罗斯伯里[①]的事，好吗？你说说看他的前程如何？”

时间旅行者一言不发地坐到留给他的座位上，像以往那样露出沉静的微笑。“我的羊肉在哪儿呢？”他说，“能再用刀叉吃着肉，可真是人生一大乐事啊！”

“故事！”编辑喊道。

“该死的故事！”时间旅行者说，“我想吃点东西。不填

---

① 阿奇博尔德·菲利普·普里姆罗斯（1847—1929），第五代罗斯伯里伯爵，英国自由党政治家，曾任第四十七任英国首相。

饱肚子，我是一个字也不会说的。谢谢，请把盐瓶递过来。”

“就说一句，”我说，“你去做时间旅行了吗？”

“是的。”时间旅行者嘴里塞满了食物，点头回答道。

“我愿以每行一先令[①]的价格，买下纪实稿。”编辑说。时间旅行者把玻璃杯推向那位沉默寡言的客人，并用手指弹了弹杯子。那位沉默寡言的客人一直盯着时间旅行者，此时全身一震回过神来，连忙为他斟酒。晚餐后半段的气氛有些尴尬。就我自己而言，有一连串的问题在嘴边打转，如鲠在喉，实在不吐不快，我相信大家都有同感。为了缓和一下紧张的气氛，记者讲起了海迪·波特的逸闻趣事。时间旅行者一门心思只顾吃饭，胃口好得跟个流浪汉差不了多少。医生点着了一根香烟，眯缝着眼睛注视着时间旅行者。那位沉默寡言的客人此刻似乎比平时更加笨嘴拙舌，闷着头一个劲儿地喝着香槟酒，借此来掩饰内心的紧张不安。

终于，时间旅行者把盘子从面前推开，环视着众人。“我想我必须向诸位表示歉意，”他说，“刚才我实在是快饿死了。我过去几天的经历真是惊心动魄。”他伸手拿了一支雪茄，并剪掉头部，“但还是到吸烟室去吧，故事很长，总不能让我就在这些个油腻腻的盘子前讲吧”。他领着我们走进隔壁

---

① 英国的旧辅币单位，一英镑等于十二先令。1971 年英国货币改革时被废除。

房间，途中顺手摇了摇铃。

“你对布兰克、达什和楚兹讲过时间机器的事吗？”他一边问我一边向后靠在他的安乐椅上，叫出了三位新客人的名字。

“可这种事情纯属胡扯。”编辑说。

“今晚我不会跟你们争辩。我不介意把经过告诉你们，但我不想跟你们起争执。”他继续说道，“如果大家愿意听的话，我就把我的遭遇和盘托出，但千万不要打断我的话。我想把这个故事讲出来，非常想。大多数的内容听上去像是谎话，可事实如此！这是千真万确的——我在此说的每一句话，都是真话！下午四点钟的时候，我还在实验室里，从那以后……我过了八天……谁也不曾经历过的日子！我现在几乎虚脱了，但是，不讲完我的故事我是不会去休息的，我要讲完了再上床睡觉。但你们不要打断我的话！大家都同意吗？”

“同意。”编辑说。我们也都随声附和说“同意”。于是，时间旅行者开始讲述我下面记录的这个故事。他先是向后靠在椅子上，疲惫地讲着，后来越讲越起劲。记录时，我由衷地感到万端笔墨实难以形容其一 ——最主要的是我自身能力不足——不足以酣畅淋漓地描绘出其中的精妙之处。我想，你们会很用心地去读，但是，你们无法亲眼目睹讲述者在小灯明亮的光晕下的苍白而又严肃的脸庞，无法亲耳听见他讲话时的语气和声调，也无从得知他的表情是如何随着故事的发展而变化的。因为吸烟室里的蜡烛没有被点燃，我们这些听众大多坐在阴影里，只有记者的脸和那位沉默者的小腿被灯光照亮了。刚开始，我们还不时地相互交换一下眼色，没过多久，就再也无暇顾及别人的表情，只顾得上注视着时间旅行者的脸了。

第三章

上周四，你们中的几位曾听我讲过时间机器的工作原理，还参观了实验室中尚未完工的实物。机器现在就在那里，旅行后略有损伤，一根象牙棒裂开了，一根铜杆也变了形，但其余部分均完好无缺。我原本指望能尽快完工，可那天组装即将结束时，我发现一根镍棒整整短了一英寸，只得重做。因此，直到今天上午机器才整体完工。今天上午十点钟我的首台时间机器开始了旅程。我给时间机器装上最后一个零件，再次检查了所有的螺丝钉，又在石英杆上加了一滴润滑油，然后坐上驾驶座。我想，我当时就跟一个举起手枪、对准脑袋想自杀的人的感受差不多，对接下去会发生什么一无所知。我一手握住启动杆，另一只手握住制动杆，先压下了启动杆，紧跟着又压下了制动杆。霎时间，仿佛天旋地转，就像做噩梦一样，我觉得自已直往下掉。我朝四周张望，发现自己还像刚才一样待在实验室里。怎么回事？我马上怀疑是不是自己头脑一时糊涂，然后我注意到了时钟，刚才好像还指在十点多一点的位置，可眼下已经快到下午三点半了！

我深深地吸了一口气，咬紧牙关，双手紧握启动杆，机器“砰”的一声启动了。实验室里变得朦胧、暗淡。瓦切特夫人走了进来，朝通往花园的门走去，显然没有看见我。我想她走这段路得花大约一分钟的时间，可当时在我眼中她像是火箭般飞速穿过了房间。我把启动杆一推到底，夜幕就像熄灯似的瞬间降临，转瞬之际已是第二天。实验室晦暗不明，一片朦胧，接着光线越来越暗。第二天的夜晚来临了，接着又是白天、黑夜、白天，越变越快。机器旋转的嗡嗡声不绝于耳，一种莫名其妙又难以名状的慌乱充斥于心……

时间旅行中的种种奇异感受，恐怕只可意会，不可言传。那是极其令人难受的，就像坐在云霄飞车[①]上——只得听天由命，一直向前冲！我也有那种即将粉身碎骨的可怕预感。由于加速，昼夜交替快得如同黑翼的拍打。暗淡不清的实验室仿佛就要离我而去。我看见太阳快速跳过天空，每分钟都在跳，每分钟都标志着新的一天。我估计实验室已经给毁了，自己已来

① 一种富有刺激性的机动游乐设施，常见于游乐园和主题乐园中。

到户外。我好像隐隐约约见到了脚手架，可我的速度已经太快了，已经看不清移动中的任何物体，连慢腾腾爬行的蜗牛也从我眼前飞驰而过，快得我看都来不及看。刹那之间的晦明交替刺痛了我的双眼，在乍隐乍现的黑暗中，我看见月亮穿梭般飞快地由缺转盈，我还恍惚看到了满天星斗环照天际。我继续前行，速度还在加快，昼夜的跳动已经快得变成了一片不再变化的灰色，天空呈现出迷人的宝蓝色，宛如破晓时分的灿烂晨晖。太阳蓦然升起，在空中划出的火光构成一座辉煌的拱门，月亮则变成了一条暗淡的飘带。星星不见踪影，只能看到蓝天上不时闪烁着明亮的光环。

四周景色朦朦胧胧影影绰绰。我还是置身于这所房子坐落的山坡上，山峰高耸，灰蒙蒙的，模糊不清。我看到树木生长变化仿佛缕缕蒸汽来回变幻，一会儿枯黄，一会儿青翠。它们成长、蔓延、凋零、枯萎。高大的建筑物拔地而起，由朦胧变为清晰，可是又梦幻般地消失了。地球的整个表面好像都变了—— 一切都在我的眼前融化流动。仪表盘上记录速度的小指针越转越快。我立刻注意到太阳形成的光带上上下下地晃动着，不出片刻已从冬至到了夏至，又从夏至到了冬至。因此，在一分钟或者更短的时间内，一年就过去了。时间分分秒秒流逝，白雪掠过大地，继而消失不见，明媚而短暂的春天接踵而来。

机器启动时种种令人难受的感觉现在没有那么强烈了，

它们混合在一起，最终变成了一种极端的激动与喜悦。我注意到，机器正在笨拙地摇晃，不知是什么缘故。可我此时心乱如麻，也就无暇顾及于此了。于是，我怀着愈加疯狂的心情投身于未来。起初，我压根儿没想到要停下来，只是全身心感受种种新奇，心无旁骛。但渐渐地，新的感受也袭上心头——某种好奇心和随之而来的恐惧——最后它们完全控制了我。当我看着难以捉摸的朦胧世界在我眼前掠过、起伏不定的时候，我想，有什么人类奇妙的发展，又有什么早期文明的伟大进步，是不可能出现的呢！我看到宏伟壮丽的建筑物在身边巍峨耸立，比我们所处时代中的任何建筑都要雄伟壮观，可看上去像是建筑在虚无缥缈中的海市蜃楼。我看到更浓的绿色染遍了山坡，并且流连不去，郁郁葱葱，丝毫不受严寒侵袭的影响。即使我的眼前一片迷茫，仿佛蒙上了一层面纱，地球看上去依然无限美好。于是我打算停下来。

停下来最大的危险是，在我或者时间机器所占的空间里已经存在其他的物质。要是我高速穿越时间，这就无关紧要。可以这么说，我被稀释了，像水蒸气一样，穿过介质的空隙！可是一旦停下，我的分子就会同挡住我去路的东西的分子混杂在一起，这也就意味着，我的原子同障碍物的原子密切接触，以致产生剧烈的化学反应——也许是一次大爆炸——其结果就是我和时间机器都被炸到九霄云外——炸到未知世界中去。在制造这部机器的时候，我曾再三想到过这种可能性，但我对此欣然接受，把它看作是一种不可避免的冒险——人们必须经历的诸多危险之一！现在这危险已迫在眉睫，无可避免，我的情绪也不那么乐观了。事实上，这绝对是不可思议的，一切都是完全陌生的。机器刺耳的轰鸣和颠簸令人难受，尤其是长时间坠落的感觉，已经使我快要神经错乱了。我告诫自己决不能停下来，可一气之下，我又断然决定立即停下来。我像个没有耐心的傻瓜，用力一拉制动杆，机器不由自主地团团乱转，把我狠狠地甩了出去。

我大概是昏迷了一会儿。等我清醒过来时，只听见耳边一阵雷鸣，无情的冰雹在身边嘶吼。我坐在一片柔软的草地上，时间机器底朝天地躺在面前。一切都看起来灰蒙蒙的，但我马上就意识到耳边的嘈杂之声已经没有了。我环顾四周，似乎自己正处身于花园里的一块小草坪上，草坪的周围长满了杜鹃花。冰雹如雨般倾泻而下，深浅不一的紫色花瓣纷纷零落红尘，残香满地。机器上空乌云密布，冰雹落在地上，弹来跳去，激起满地烟尘。转眼工夫，我浑身上下都湿透了。“这对一位穿越了漫长的岁月前来探望你的人，”我说，“可真算得上是殷勤好客！”

我立刻想到，这样让自己淋湿是多么愚蠢的事。我起身环视四周，雾蒙蒙的风雨里，隐约可见一座分明是用白色石材雕成的巨像，矗立在杜鹃花丛外。此外，就什么也分辨不出来了。

我当时的感受实在难以言表。冰雹渐少后，白色塑像更加清晰可见。它十分高大，一棵白桦树的树梢刚刚与它的肩膀平齐。它是白色大理石雕成的，样子有点像长着翅膀的斯芬克斯狮身人面像[①]，不过它的双翼并未垂在两侧，而是张开来，仿佛在展翅翱翔。我估计它的基座是青铜铸就，上面已生了厚厚一层铜锈。巨像的脸恰巧正对着我，无法视物的双眼仿佛在注视着我，嘴角噙着淡淡的笑意。它常年经受风吹雨打，已露出难看的风雨侵蚀的痕迹，看上去病恹恹的。我站在那里，对它打量了一阵子——半分钟，或许是半小时。冰雹时疏时密，它的位置似乎也在随之进进退退。终于我转过脸去，看到雹幕已经稀疏，天空逐渐霁朗，太阳就要出来了。

我再次仰望那蹲踞的白色巨像，突然想到我这次旅行真是过于冒失。当这雾蒙蒙的雨幕完全消逝以后可能会出现什么呢？人类什么事情做不出来呢？要是人类都变得残忍成性会怎么样呢？要是在这段漫长的时间里，人类已经丧失了人性，变得冷酷无情、凶猛无比怎么办？我似乎可以看到，远古时代的野兽，仅仅因为其长相更可怕更讨厌的缘故，而不讨我们的欢

---

① 斯芬克斯是希腊神话里一个带翼的怪物。她是巨人堤丰和蛇怪厄喀德娜所生的女儿之一，长着美女的头，狮子的身子，总在底比斯城外悬崖上蹲着，对路过的人说出谜语，凡答不出来的，她就将其撕成碎片，并吞食干净。

心——便被当作肮脏的畜生而惨遭屠戮。

我看到了别的庞然大物——栏杆交错、立柱高耸的巨大建筑，以及林木茂盛的山坡，也从稀疏的雨幕中显露出来。我突然一阵惊恐，猛然转身，跑到时间机器旁，竭尽全力想把它翻过来。就在这时，阳光刺破了重重雨幕。灰蒙蒙的雨幕像幽灵的曳地长裙一样，被拂到旁边消散一空。头顶的天空如同夏日里的蔚蓝，一碧如洗。一些残留的乌云打了几个旋儿，也很快消失得无影无踪。那些高大的建筑物矗立在我周围，清晰可见，暴风雨的洗礼弄得它们湿漉漉的，水光闪闪。尚未融化的冰雹堆积在四周，皑皑白色把它们衬托得更加显眼。我感到自己在这个陌生的世界里无依无靠，也许就像晴空中的一只小鸟，明知老鹰在头顶盘旋，随时都会扑下来，真是恐惧到了极点。我歇了口气，咬紧牙关，手脚并用，再次用尽全力抓住机器。在我的努力下，机器终于抵挡不住，被我翻了过来，但它在我的下巴上重重地撞了一下。我一只手抓住驾驶座，另一只手抓住操纵杆，气喘吁吁地准备再次登上机器。

但是，因为现在可以随时抽身而退，我又勇气十足了。我开始更加好奇地打量着这个遥远的未来世界，心里少了几分恐惧。我看见附近一座高楼上打开了一扇圆窗，出现了一群身穿华丽软袍的小人儿，他们也发现了我，朝我这边张望着。

接着我听见有声音由远及近，只见白色斯芬克斯像旁边的树丛里人头攒动，许多人跑了过来，其中一个出现在一条通向我和时间机器所在的那方小草坪的小路上。他个头矮小——或许才四英尺高——身着紫色的束腰外衣，腰里系着皮带，脚上穿的是凉鞋还是靴子我不能清楚地辨别出来。他的小腿裸露在外，头上没戴帽子。看到他的穿着打扮，我才注意到天气是多么温暖。

使我吃惊的是，他是个非常漂亮而优雅的人，但看上去十分孱弱。他绯红的脸庞使我联想到肺结核病人两颊那种更漂亮的潮红——就是我们过去常听人说的那种病态美。看到他这副模样，我又突然恢复了自信，手从时间机器上松了开来。

第四章

转眼间，我和这个属于未来世界的脆弱的小家伙面对面了。他径直走上前，冲着我笑。他面对我没有显示出丝毫惧怕，这给我留下了深刻的印象。随后，他转向后面的两个同伴，用一种古怪但十分流利悦耳的语言和他们交谈。

其他人也向这边走过来，不一会儿，一群八九个像他一样精致的小家伙围住了我，其中有个人招呼了我一声。这声音对我而言很是奇妙，我想我的声音对于他们来说，恐怕是显得过于低沉刺耳了。于是我摇了摇头，指指自己的耳朵，又摇了摇头。他上前一步，犹豫了一下，然后碰了碰我的手。这时我感到后背和肩头也有柔软的小手在触摸，他们是想确定我是否真实存在，对此不必大惊小怪。这些漂亮的小人身上，有某种令人信赖的特质——他们温和、优雅，还有些孩子气。此外，他们看上去又是那样的脆弱，我完全可以像玩九柱戏[①]那样一口气打倒十来个他们这样的人。不过当我看到他们用粉红的小手去触摸时间机器时，我赶紧做了个表示警告的动作。好在我及时想到了一个一直被我忽视的危险，于是把时间机器的启动杆卸了下来，装进了口袋。然后，我又转过身来，琢磨着该用什么方式跟他们交流。

这时，我更加仔细地观察了他们的容貌，在他们那像德累斯顿[②]瓷器般精美的面容上，我发现了某些特别之处。他们清一色的鬈发，齐颈而止，贴着面颊，脸上干干净净，一根汗毛都看不到。耳朵小得出奇，嘴巴也不大，薄唇樱红。小小的下巴颏儿尖尖的，眼睛却大大的，看上去很温柔。而且——也许是出于自尊自大的心理吧——我觉得即使这样，他们仍然不如我期望的那样有趣。

他们并未努力与我沟通，只是站在我身边笑着，并且彼此轻声细语地交谈，语调温柔可爱。我开始和他们交流，我指了指时间机器，又指了指我自己，然后为了不知如何表示时间而犹豫了片刻，随后我指了指太阳。一个小家伙——他身穿紫白相间的格子袍服，长得特别漂亮——马上顺着我的手势，模仿

---

① 保龄球的前身，起源于德国和荷兰，原先是一种宗教礼仪活动。天主教把“九柱戏”作为测量教徒信仰真诚程度的一种仪式，在教堂的走廊里放置九根柱子象征着异教徒与邪恶，而石球代表着正义。用球滚地击它们，叫作打击“魔鬼”。他们认为击倒木柱可以为自己消灾、赎罪，击不中就应该更加虔诚地信仰天主。

② 德国城市。18世纪以来以产瓷器闻名，彩绘纤细精美。

了一声雷鸣，这可大大出乎我的意料。

尽管他的手势含义简单明了，我还是吃了一惊。我猛然想到了一个问题：这些小家伙是傻瓜吗？你们也许不理解我为什么会这么想。我一直认为公元802000多年后的人类在知识、艺术和其他任何领域都会远远超过我们。可他们中的一个却突然问我是不是乘着雷雨从太阳上下来的！通过这个问题，可以看出他们的智力水平跟我们生活时代的五岁儿童差不多，我一直对他们的衣着、柔弱无力的四肢和斯文纤弱的外表无法作出正确的判断，现在终于有了结论。一种失望感油然而生，我顿时觉得造这台时间机器纯属徒劳。

我点了点头，指着太阳，惟妙惟肖地发出了一声霹雳，让他们大吃一惊。他们全都倒退了几步，一个劲儿地向我鞠躬。这时，其中一人对我笑着，把一串我从未见过的鲜花挂在我的脖子上，他的这个创意获得了一片悦耳的欢呼声。立刻，他们全都跑去采摘鲜花，笑着把花扔到我身上，直到我几乎被淹没在花海里。从未见过那种场面的你们，恐怕难以想象漫长的文明创造了何等精致美丽的花儿。接着，他们中的某些人建议，他们的玩具应该被弄到最近的建筑物里去展览，于是他们带我走过那座斯芬克斯的白色大理石像——它对我的惊讶始终微笑以对——朝一座已被风雨侵蚀的灰色大厦走去。跟着他们走时，我又想起了我以前曾自信地预测我们的后代会极为严肃而又理智，忍不住觉得好笑。

那幢建筑非常雄伟，而且入口处极为庞大。我自然而然地被越聚越多的小人吸引了注意力，同时，我也注意到了敞开的、高大的入口幽暗而又神秘。越过小人们的头顶望去，我对这个世界最初的整体印象就是一座花园，灌木丛生，开满美丽的鲜花，虽然久已无人打理却杂草不生。我看到许多奇异的白花高高耸立，花瓣宽约一英尺，像打过蜡一般的光滑。它们就像野花般星星点点地散布于斑驳的灌木丛中。不过，当时我没有仔细研究这些花。时间机器就留在那片被杜鹃花环绕的草地上，无人理会。

门廊顶上的圆拱，雕刻着华丽的花纹。我顾不上细细打量这些雕刻。不过，从下面经过时，我看到一些图案与腓尼基人[①]的装饰相类似，它们都已久经风雨的剥蚀，残破不堪。几个衣着更为华美的人在门口迎接我，于是我们走了进去。我身穿19世纪的深色外衣，脖子上挂着花环，看上去颇有几分古里古怪。一大群人簇拥着我，他们穿着柔软艳丽的袍子，手臂和小腿的皮肤白皙而光滑，我沉浸在一片欢声笑语中。

大门通向一个与之相匹配的宏伟大厅，厅里挂着褐色的窗帘。屋顶笼罩在阴影中。窗户上镶嵌着彩色玻璃，在温暖的阳光照射下闪闪发光，为室内提供了柔和的光线。地面是用某

---

① 腓尼基人是历史上一个古老的民族，自称为闪美特人，又称闪族人。生活在地中海东岸相当于今天的黎巴嫩和叙利亚沿海一带。他们曾经建立过一个高度文明的古代国家，公元前10世纪至公元前8世纪是腓尼基城邦的繁荣时期。

种大块的白色金属铺筑的，不是木板或石片。恐怕是由于长年累月人来人往的缘故，地面严重磨损，常经之路上都磨出了深沟。大厅里横放着许多光滑的石桌，离地大约一英尺，桌上各种水果堆积如山。我认出有些是大得出奇的覆盆子[①]和橘子，但大部分的水果我都是第一次见到。

桌旁散落着许多垫子。引我进来的那些人坐上了垫子，然后打着手势让我也坐下。没有进行任何餐前祷告[②]，他们立刻开始用手抓着吃水果，把果皮果渣之类的东西顺手扔到桌旁的圆洞里。我实在是饥渴交加，所以也不客气了，学着他们的样子，大吃起来。我一边吃一边忙里偷闲，打量着这个大厅。

给我留下最深刻印象的，可能是大厅里一派凄凉破败的光景。那些彩色玻璃窗污迹斑斑，像是画上了古怪的图案，而很多玻璃都破碎不堪，那些落地窗帷下也久积尘埃。我注意到，身旁的一张大理石桌子也缺了一角。尽管如此，这地方给人的总体感觉还是十分富丽堂皇的。大厅里有数百人在进餐，大多数人都尽量坐得离我近一些，他们一边吃水果，一边饶有兴趣地打量着我，目光灼灼。他们都身着一模一样的绸料衣服，质地柔软却又耐磨损。

顺便说一下，他们只吃水果，这些生活在遥远的未来时代

---

① 又名“悬钩子”“覆盆莓”“托盘”“饽饽头”“树莓”“野莓”，是一种水果，有红色、金色和黑色。果实味道酸甜，植株的枝干上长有倒钩刺。

② 祷告是基督徒的重要特征。饭前应祷告，称为“谢饭”，为所得到的饮食向神献上感恩。

的人，是严格的素食主义者。尽管我嗜肉如命，现在也不得不入乡随俗，以水果充饥果腹了。哦，后来我发现，像马、牛、羊和狗等家畜，都步了鱼龙[1]的后尘，早已灭绝。不过，这些水果非常可爱，尤其是那种外壳呈三棱形的面质果实，好像在我停留期间一直是时令水果，特别美味可口，我把它当作自己的主食。起初，我为所见到的奇花异果目乱睛迷，但后来我逐渐理解了它们的意义何在。

你们看，我正在对你们讲述我在遥远的未来吃水果大餐的情形。当我觉得已经稍稍填饱了肚子之后，立即决定学习他们的语言。从水果开始学习看来是个不错的开端。我拿起一个水果，做着手势叽里咕噜地询问着，可就是表达不出我的意思。一开始，我的尝试引来了他们惊奇的眼光和忍俊不禁的哄笑，不过很快就有个金发的小家伙看似领会了我的意图，并向我重复着一个名称。他们喋喋不休并且长篇大论地解释着这档子事。我开始模仿他们优美语言中的短音节，这又把他们逗得捧腹大笑。我感觉自己像个置身于孩子群中的老师，与他们有几分格格不入，但我还是坚持不懈，很快就学会了十几个名词，而且达到可以随意使用的程度。接着我学了指示代词，甚至还

① 是一种类似鱼和海豚的大型海栖爬行动物。生活在中生代的大多数时期，最早出现于约 2.5 亿年前，比恐龙（2.3 亿年前）稍微早一点，约 9000 万年前它们消失，比恐龙灭绝早约 2500 万年。

学了“吃”这个动词。但这项工作费力劳神、进展缓慢，因此那些小人很快就厌倦于此，不想再理会我提出的问题了，于是我不得不等他们愿意教我的时候再一点儿一点儿地学。过了一段时间，我发现自己学到的东西真是少得可怜。我从没有碰到过像他们那么懒惰、那么容易疲倦的人。

我很快发现，这些小人对什么都缺乏持久的兴趣。他们像孩子一样惊叫着热切地向我跑来，但也像孩子一样很快就停止对我的观察，逛到别处找其他的玩具去了，这可真是奇怪。集体晚餐和我最初的社交活动结束了，我首先留意到第一拨簇拥着我的人几乎已经走光了。同样奇怪的是，我也很快对那些小人失去了兴趣，不再那么上心。我填饱了肚子之后，就通过入口再次来到阳光灿烂的户外。我接连不断地遇上这些未来人，他们总是跟我说说笑笑地走上一阵，然后友好地微笑着，打着手势走开，撇下我和我的时间机器。

我走出大厅时，黄昏的静谧已降临大地，夕阳温煦的余晖映照，景色迷人。起初，这里的所有事物都令人困惑，一切都与我熟悉的世界截然不同——甚至连花都不一样。我刚刚离开的那座高大的建筑物，坐落在一个大河谷的斜坡上。但是泰晤士河[①]从它现有的位置偏移了大约一英里。我决定登上约一英里

① 英国最长的河流、最重要的水路，也是英国的母亲河，哺育了英格兰灿烂的文明。

半开外的一座峰顶，从那里，我能以更开阔的视野，打量一下我们这颗处于公元802701年的行星。需要说明的是，这个年份是时间机器的小标度盘上所显示的时间。

我边走边用心观察，想看看有没有什么蛛丝马迹，来帮助我了解这壮观的废墟是如何形成的——这真是一片废墟啊。比如，小山上有一大堆花岗岩，用铝块固定住，形成一个残垣断壁的大型迷宫。在迷宫中间，丛生着茂密而又异常美丽的宝塔形植物——可能是荨麻[①]——叶子是褐色的，非常漂亮，而且不扎人。这显然是某个庞大建筑物的废墟，到底为何而建，我不得而知。在以后的日子里，我命中注定在此有奇妙的际遇——对奇异的发现初步透露一下——不过关于这一点，我准备到合适的时候再说。

我在一个平台上休息了一阵，但突然心生一念，就向四周观望。我发现这里看不到任何小房子，显然独栋房屋甚至院落早已不复存在。草木丛中到处都是宫殿式的建筑，但是像我们所处时代的英国风情的房屋和村舍却早已不见踪影。

“共产主义社会。”我对自己说。

紧接着我又想起一件事。我看着那五六个跟着我的小家伙，立刻察觉到他们全都穿着同样款式的服装，有着同样柔软光滑的

---

① 荨麻是荨麻属中三十至四十五种植物的通用俗称，广泛分布在全球的温带和热带地区，绝大部分种类为多年生草本植物，也有部分为灌木，或一年生草本植物。

面容，和同样浑圆的少女似的肢体。你们或许会感到奇怪，我以前居然没有注意到这些。但这一切是如此怪异。现在，我完全看清了这个事实。从服装和举止差异上来区分性别的话，这些未来人何其相似。在我眼中，那些小孩子只不过是他们父母亲的缩微版而已。我由此判断，这个时代的孩子极为早熟，至少在身体发育上是这样。后来，许多发现都证实了我的这个观点。

看到这些人生活得如此悠闲自在，男女相貌的接近也就因此而显得合情合理了。由于男性阳刚女性阴柔，家庭的结构以及社会分工的不同都只是为了适应体力时代生存的自然规律。在人口众多而男女搭配均衡的地方，生育过多对于一个国家来说是一种灾难而不是幸福。在暴力罕见、后代安居乐业的地方，家庭对生育效率的需求较低，实际上没有建立多子女家庭的迫切需要。于是，作为生育子女所必需的男女性别特征差异，也就随之退化消失。在我们生活的时代，该现象就已经初见端倪。在未来的时代它已完全实现。不过，我要提醒你们，这只是我当时的想法，后来我才明白这种想法与事实相去甚远。

正当我思考这些事情的时候，一座美丽的小建筑物突然吸引了我的目光，好像是一口水井，上面盖着亭子。这种怪井的存在暂时占据了我的心神，但我没有往下细想，而是心思一转，又回到原来的思路上去了。靠近山顶的地方没有什么大建筑物，由于我的脚力相当出色，很快就甩下了跟着我的人，独自前行了。怀着自由和冒险相混杂的奇异心理，我一口气登上了山顶。

在那里，我发现了一张椅子，它是用某种我不认识的黄色金属制成的。椅子上锈迹斑斑，有半边长满了柔软的青苔。椅子两边的扶手上，浇铸着排列整齐的格里芬[1]的头像。我坐在上面，俯瞰在漫长的白昼接近尾声之际，笼罩在夕阳余晖下古老世界的辽阔景象。我从未见过如此美不胜收的景色。太阳已经消失在地平线上，西天燃烧着金色的晚霞，其间点缀着几道紫色和绯红色的云彩。下面是泰晤士河旁的山谷，河水镶嵌其中，好似一条锃亮的钢带。我前面曾经提到过的那些散布于斑驳的草木丛中的巨大宫殿，有些已成废墟，有些还有人居住。到处都有白色或银色的塑像矗立在荒园中，到处是直指云霄的圆顶和方尖塔。没有树篱，没有土地所有权的标志，没有耕作的迹象，整个世界成了一座荒园。

注意，我要开始解释我见到的那些事情了。我对那天晚上所见所闻的解释，大致如下（后来我发现我只对了一半——或者只看到了事实的一个侧面）。

看来我正巧遇上了人类的衰退期。残阳似血，让我联想到人类的日暮途穷。我第一次认识到，我们现在从事的社会活动所产生的奇怪后果。不过，仔细想想，这种结果也是完全合

---

① 希腊神话中一种鹰头狮身有翅的怪兽。

乎逻辑的。需求会滋生力量，安逸会助长衰弱。生活条件的改善——真正的文明进步使人类的生活变得越来越安全——已经到达稳定的高度。人类团结起来，征服自然的胜利接连不断。我们目前还在梦想的事情，在未来已被有计划地着手进行并付诸实现，其成果我已亲眼目睹了。

毕竟，我们今天的公共卫生和农业水平仍处于初级阶段。我们这个时代的科学，已经向人类的疾病领域进军，不过攻克的难关还很少。即便如此，它还是持久地稳步朝前发展。我们的农业和园艺只是在各处除掉了若干杂草，或许也培养出了二十余种有利于人类的植物，但大多数植物仍是依赖物竞天择以获取均衡的生存空间。我们改良我们喜爱的植物和动物品种——它们的数量少得可怜——通过选择育种逐步开展。比如，改良的新品种桃子，无核的葡萄，更大更香的鲜花，繁殖起来更方便的牲口等，但是这些尝试毕竟为数不多。我们逐步改良这些品种，因为我们的理想是模糊的、尝试性的。我们的知识也非常有限，大自然在我们笨拙的手中，也显得羞答答的、慢腾腾的。终有一天，这一切会变得更井然有序，取得更好的成绩。不管有什么波折，这都是大势所趋。全世界的人都将变得更有知识，更有教养，并且能通力合作，人类征服自然的进程会越来越快。最终，我们会明智而又谨慎地重新调整动植物的生态平衡，以适应我们人类的需求。

依我看，这种调整在这个未来世界里，一定已经完成了，而且还完成得相当出色。事实上，这一切就是在我的时间机器所穿越的这段时空中彻底完成的。空中蚊蝇不生，地上杂草不长，到处都是甜美的水果和美丽的鲜花，艳丽的蝴蝶四处翩翩起舞。预防医学的理想已经实现，疾病已经根除。我在那里逗留期间，没有见到任何传染病的迹象。我等一会儿还会告诉你们，甚至连腐烂和枯朽的过程，也都深受这些变化的影响。

社会的胜利也实现了。我看到人类居住在富丽堂皇的建筑里，穿着华美的袍服，却没有看见他们从事什么艰苦的劳动。没有任何斗争的迹象，既没有社会斗争，也没有经济斗争。商店、广告、贸易，所有构成我们这个世界主体的一切商业活动，都在这里销声匿迹。在那个金色的黄昏时分，我自然而然地想到了“天堂社会”这个概念。我猜想，他们也遇到过人口增加的问题，但他们肯定采取了有效措施，因为他们的人口已停止了增长。

在环境变化了之后，随之而来的必定是对变化的适应。除非生物学谬误连连，否则是什么促使人类产生智慧和活力的呢？当然是艰难和自由：在这样的条件下，只有积极敏锐的强者方能幸存，弱者只会被淘汰掉。这样的条件助长有能力的人忠诚合作，助长自律、毅力和果断。而家庭的建立，以及随之产生的种种情感——强烈的嫉妒感、对子女的关爱和父母的自我奉献精神——在孩子面临危险时找到了正当依据，其存在显得合情合理。可现在，这些即将来临的危险在哪里呢？有一种情感正在滋生，它将不断发展，排斥夫妻之间的嫉妒，排斥强烈的母爱，排斥一切激情。这些激情现在是多余的东西，它们是野蛮人的遗风，只会使我们感到不自在，与我们轻松愉快的生活不相协调。

我想到了这些小人柔弱的体态、低下的智力，以及那大片的废墟。这使我更加坚信，人类完全征服了大自然。因为和平安宁往往出现在战斗之后。人类曾经是强壮有力、精力充沛、聪明能干的，曾经用了大量精力改善了赖以生存的环境。但现在，被改善的环境开始反作用于人类。

在绝对舒适和安全的新条件下，那种躁动不安的精力，也就是我们的力量将会日渐衰弱。即使在我们自己生活的时代里，某些曾经是生存所必需的偏好和欲望，也成了我们不断失败的原因。例如，好勇斗狠和对战争的热爱，已经不再受到推崇，甚至对于文明人来说还可能成为障碍。如果一个人身体健康，也没有遭受任何威胁，那么过多的体力和智力就会使他变得无所适从。我断定，在漫长的岁月中，这些小人不曾经历过战争或暴力事件的危险，不曾遭遇过野兽攻击的危险，不曾有过致命的疾病威胁，因而无须健康的体魄，也无须艰辛地劳作了。在这样的生活中，我们所说的弱小者就和强壮者没什么差别了，那么弱小者也就不再弱小。实际上他们更适应这样的生活，因为强壮者由于精力无处发泄只会感到焦躁不安。毫无疑问，我所见到的那些美轮美奂的建筑，是我们人类在完美和谐的生存环境建设步入正轨之前，最后一次殚精竭虑的大规模创造活动——这是人类精力最旺盛时的产物，之后诞生了最终的太平盛世。这些精力现在已经无处发泄了。这就是人类的精力在和平时期的命运：它沉醉于艺术，沉湎于色情，然后变得消沉衰退，一蹶不振了。

就连这种追求艺术的冲动也终将消失殆尽——这种冲动在我所见的这个时代几乎已经消失了。用鲜花装扮自己和在阳光下唱歌跳舞，就是他们仅存的艺术精神。仅此而已，甚至连这种冲动都逐渐退化为一种知足常乐的无所事事。痛苦和需要的磨难砥砺，曾经使我们人类保持着精明的头脑。可是，在这个未来世界里，这“可恨的”磨刀石已被砸碎了！

暮色渐浓，我站在那里，自以为用这个简单的解释，就可以掌握这个世界的问题所在——也就是说掌握了这些有趣的小人的全部秘密。他们在计划生育方面可能太成功了，因此，他们的人口并未保持数量上的稳定，而是越来越少了。这一点可以用来说明那片废墟为何无人居住。我的解释非常简单，不过倒也能自圆其说——就像大多数错误的理论那样！

第五章

我站在那儿，思索着人类的这一过于完美的成功。一轮黄色的满月从东北冉冉升起，朗朗清辉，洒向人间。山下面已经见不到衣着鲜艳的小人们四处走动，一只猫头鹰从我身边悄然掠过。夜晚的寒冷冻得我瑟瑟发抖。于是，我决定下山去找个过夜的地方。

我寻找着我熟悉的那幢建筑，目光不经意地扫过青铜基座上的那座白色斯芬克斯像。在渐渐明亮起来的月光下，雕像也越来越清晰可辨。我可以看见倚靠在雕像旁的白桦树。杜鹃花彼此交缠在一起，在银白色月光的映衬下显得黑黝黝的。还有那片小草坪。我向那片草坪望去，一下子惊醒了过来，猜疑取代了悠然自得的心境。“不，”我坚定地对自己说，“这不是那块草坪。”

可这就是那块草坪，因为斯芬克斯像病态的白色脸庞是朝着它的。你们能想象到，当我确信我看到的就是我要找的草坪时，是什么感受吗？可你们绝对想象不到。我的时间机器不见了！

像脸上猛挨了一鞭似的，我马上想到没有了时间机器，就意味着我可能无法回到自己生活的那个时代。我会被孤立无助地丢弃在这个陌生的世界里。光是有这个念头就已经让我难过了。想到此处，我嗓子眼发干，喘不上气来，一下子变得惊慌失措，大步朝山下冲去。但是跑得太急了，我狠狠地摔了个倒栽葱，脸都被划破了。我顾不上止血，爬起来继续往山下跑，热乎乎的鲜血顺着脸颊和脖子汩汩而下。我边跑边自我安慰说："他们只是把时间机器挪了下地方，推到路边的灌木丛里去了。"尽管如此，我还是尽全力拼命奔跑。极度的恐惧有时会使人头脑清醒。我明知我不过是在自欺欺人，我本能地意识到，时间机器已经找不到了。从山顶到这块草坪这一整段距离，大概有两英里，我只用了十分钟的时间就跑到了。可是，我的年纪已经不轻了，快速奔跑弄得我气喘吁吁，每吸一口气都感觉到热辣辣的疼痛。我还边跑边大声咒骂自己的愚蠢，竟如此大意地把时间机器留在了那里，因而弄得上气不接下气。我大声呼喊，可是无人应答。在这个月光照耀下的世界，似乎没有一丝生命活动的迹象。

跑到那块草坪时，我最害怕的事成了现实。时间机器已无影无踪。面对着黑黝黝的灌木丛中的这片空旷，我头晕目眩，浑身冰冷。我绕着草坪疯狂地奔跑，好像时间机器就藏在哪个角落里。然后，我突然收住脚，两手紧紧揪住头发。那个斯芬克斯像高居在铜基座上俯视着我，像得了麻风病似的斑斑点点的脸庞在月色下显得惨白发亮，它仿佛在嘲笑我的沮丧。

要不是我了解那些小人缺乏体力和智力的话，我也许会自我安慰，以为是他们把我的机器收到什么地方去了。但令我沮丧的是，我感到我发明的机器似乎是在某种未知力量的影响下消失的。然而，有一点我确信无疑：除非在其他某个时代里有它的复制品，否则时间机器是不可能在时间里运动的。操纵杆的附件——我以后给你们示范方法——可以防止当操纵杆取下以后有人对它胡乱摆弄一气。机器不见了，但它只能是在空间里发生了位移，被藏起来了。可它到底在哪儿呢？

我想我当时一定状若疯狂。我记得我绕着斯芬克斯像，在月光下的灌木丛里疯狂地跑进跑出，惊起了某种白色的动物，在朦胧月色中，我以为那是一只小鹿。我还记得，那天深夜我握拳猛打着灌木丛，直到指关节被断枝划破，弄得鲜血淋漓。之后，我满心痛苦，哭泣着、语无伦次地走向那幢宏伟的石厦。大厅里黑漆漆的，寂静无声，一片荒凉。我在高低不平的地面上滑了一下，摔倒在一张孔雀石制成的桌子上，差点摔断小腿。我划亮一根火柴，从我曾提过的落满灰尘的窗帘旁经过。

走过去时我又发现了一个大厅，铺满了垫子，有二十几个小人正在垫子上睡觉。我突然现身于寂静的黑暗中，嘴里含糊不清地嘟哝着，划亮的火柴哧哧作响。毫无疑问，他们对我的再次出现感到惊奇，因为他们已经忘掉火柴这玩意儿了。“我的时间机器在哪里？”我像个气急败坏的孩子那样大喊大叫，抓住他们使劲摇晃，把他们全都弄醒了。他们肯定觉得这种情形颇为古怪。有些人笑了，但大多数人看上去却吓坏了。看见他们围在我身旁，我才意识到在这种情况下我这样做只会恢复他们对我的恐惧感，简直愚蠢透顶。因为从他们白天的行为来判断，我觉得他们已经不再怕我。

我猛然扔下火柴，向人群外冲去，撞倒了其中挡住我去路的一个人，踉踉跄跄地再次冲过大餐厅，跑了出来，来到月光下。我听见恐慌的叫喊声和他们跌跌撞撞到处乱跑的声音。皓月当空，慢慢地越升越高，我已记不清当时我都做了些什么。时间机器的丢失完全出乎我的意料，我想，这是令我发狂的主要原因。我绝望地感到与自己的同类失去了联系——成了这个未知世界里的一个怪物。我当时肯定是大叫大嚷着跑来跑去，呼叫祈求着上帝和命运之神。我记得那种身心俱疲的滋味，在极度绝望中度过那个漫漫长夜，在不可能找到时间机器的地方来回乱找一气，在月光下的废墟间摸索来摸索去，还惊动了黑暗中的一些奇怪生物。最后，我一头倒在斯芬克斯像附近的地面上，失声痛哭，只有痛苦伴随着我。后来我睡着了。当我再次醒来时，天已大亮，几只麻雀在身边的草坪上，围着我跳来跳去，触手可及。

我在早晨的清新空气中坐起身来，试着回想起自己是如何来到这个地方，为何心中深深充满被人遗弃的绝望感。很快，发生过的一切清晰地浮现在脑海中。在光天化日之下，我头脑清醒，能正视现实，看清自己的处境了。我明白昨夜那种疯狂行为是愚蠢的，现在，我又恢复了理智。“最坏的结果又会是怎样呢？”我说，“假设时间机器彻底丢失了，或者被毁坏了，这就需要我冷静下来，入乡随俗，耐心学会这些人的生活方式，逐渐弄清丢失时间机器的来龙去脉，然后找到获取材料和工具的方法，以便最终能再造出一台时间机器。”这是我唯一的希望，或许仅有一线希望，但总比绝望强。而且不管怎么说，眼前的世界美丽而又奇妙。

但也许时间机器只是被搬到了别处。即使这样，我仍然需要保持冷静和耐心，找到它的藏身之处，斗智也罢，斗勇也罢，一定要把它夺回来。我爬了起来，朝四周望望，很想找个地方洗个澡。我疲惫不堪，四肢僵硬而且风尘仆仆。早晨的清新使我也渴求神志清爽。我发泄够了，现在情绪已经不再大起大落。其实，在为自己以后作打算时，我对自己昨夜的情绪如此激烈都感到惊讶。我仔细搜寻小草坪的四周，还尽可能地向那些路过的小人打听机器的下落，但都徒劳无功。他们都不明白我的手势。有的人无动于衷，有的人把我当成笑料，乐不可支。我几乎忍不住往这些小家伙漂亮的笑脸上揍上一拳。当然这种冲动是愚蠢的，但我心中的恐惧和莫名的愤怒实在难以抑制，蠢蠢欲动，欲占上风。不过，后来我发现了草坪上有一道凹痕，这使我一下子就恢复了冷静和理智。那道凹痕就在斯芬克斯像的基座和我留下的脚印之间。那脚印是我到达之时拼命想把时间机器翻过来时留下的。现在，它旁边还有其他的活动痕迹，好像是树懒[①]留下的奇怪的狭窄脚印。我仔细地观察着那个基座，记得我曾说过，它是青铜制成的。它不是由整块铜铸成的，它的两侧有带深框的嵌板。我走过去敲了敲嵌板，发现基座是中空的，仔细检查那些嵌板，我又发现嵌板与框架并非连成一体。嵌板上没有把手也没有钥匙孔，可见这些嵌板如果的确是门，就一定是从里边打开的。我一下子豁然开朗，不必费心就可推断出，我的时间机器就在这基座里面。但它是如何被弄进去的呢？这不得而知了。

正在这个时候，有两个身着橘黄色服装的人穿过灌木丛，从繁花满枝的苹果树下向我走来。我转身向他们笑了笑，示意他们过来。等他们过来之后，我指着铜基座，试着向他们表明

---

① 南美洲等地产的一种哺乳动物。形状略似猴，产于热带森林中。动作迟缓，常用爪倒挂在树枝上数小时不移动。

我希望能把它打开。可他们一看到我对铜基座做出的手势就反应奇特。我不知道该如何向你们描述他们当时的表情。假设你对一个心思细腻敏感的女人做了个非常下流的手势——就像那时她会露出的表情。这两个小人走开了，像是受了奇耻大辱似的。后来我又试着对一个穿白衣服的模样甜美的小家伙表明了我的意图，结果完全一样。不知怎么的，他的态度使我感到羞愧。可是，你们知道，我必须找回我的时间机器，于是我再次向他表达了一番。他也和刚才那两个人一样，转身就走。我的怒火腾地蹿了起来，三步两步地追上了他，一把揪住他宽松的领口，把他拖向斯芬克斯像。然后，我看到他脸上充满了恐惧和反感，于是我一下子松开了他。

可我还是不死心，用拳头砰砰有声地捶打着那些铜板。我想我听到里面有动静——说明白点，我觉得我听到了哧哧的笑声——不过，我应该是听错了。后来，我从河里捡了一块大鹅卵石回来，使劲地敲，把装饰图案都敲平了才罢手，弄得铜锈纷纷脱落。方圆一英里之内，人们都可以听到我的阵阵敲击声，但是一切努力都毫无结果。我看见有一群小人站在山坡上，偷偷地向我张望。最后我又热又累，只得坐下休息，并观察这个地方。可是，我过于焦躁不安，已无法静心观察下去。我到底是个西方人，不习惯于长时间地守株待兔。我可以长年累月地埋头致力于研究一个难题，但是让我花费一天的时间做无聊的等待——那就是另一回事了。

过了一会儿，我站了起来，漫无目的地穿过灌木丛，再次朝小山走去。“要有耐心，”我自言自语道，“你如果还想找回你的时间机器，就不要去动那斯芬克斯像。如果他们真想拿走你的机器，你砸坏那些铜板也于事无补。如果他们不想要它，到时候就可以轻而易举地从他们手里要回来。遇到这种棘手的事，在一个完全陌生的环境中干等是没有希望的，那只会逼自己钻牛角尖，走火入魔。要面对这个世界，去了解它的规律，观察它，小心谨慎，三思而后行，不要急于下结论，最终你会找到线索的。”这时，我突然觉得这种情形着实滑稽可笑：这么多年来我醉心于研究，历尽千辛万苦，来到了未来的时代，可现在又一心急于离去。我为自己设置了一个人类所能想出的最复杂、最无望的陷阱。我鬼使神差地做了这件事，却自食苦果。想到这里我不由得放声大笑起来。

穿过那庞大的宫殿时，我觉得那些小人儿好像都在躲着我。这也许是我的错觉，也许跟我敲打那些铜门有关。然而，我确实感到他们在回避我。不过我小心翼翼，尽量对此表现得毫不在意，同时有意克制自己不去跟在他们后面。这样过了一两天，一切又都恢复了正常。我在语言方面取得了不小的进展。另外，我继续四处探险。要么是我没领会到他们的语言的微妙之处，要么就是这种语言实在太简单了——几乎只有实义名词和动词，而抽象词即便是有，也寥寥无几，几乎没有修辞。他们的句子通常很简单，只有两个词，不过我只能表达或理解一些最简单的意思。我决定尽量先不去想时间机器和斯芬克斯像基座里面的谜，等我对这未来世界再多一些了解以后，这些问题自然会迎刃而解。然而，你们也许能理解，某种情结一直萦绕于心，让我只愿意在着陆点的方圆几英里范围之内活动。

目光所及之处，我看到整个世界都如同泰晤士河谷那样繁茂而丰饶。无论爬上哪座山，我都能看到同样壮丽辉煌的建筑，建材形形色色，风格迥异不同。我看到了同样郁郁葱葱的常青灌木丛，同样花满枝丫的树和桫椤。处处水色如银，波光潋滟。再往远处看，大地和起伏的青山连成一体，逐渐隐没于悠远静谧的天际。这时，一种奇特的现象引起了我的注意。我看到一些圆井，其中有几口似乎非常深，有一口就在我第一次上山走的那条路边。像其他的井一样，这口井也被形状古怪的铜栏杆围着，上方还盖有一个可以挡风遮雨的小亭子。我坐到这些井旁朝黑呼呼的井下张望，见不到粼粼波光，划亮火柴后也看不到水面反光。但所有的井里都传出“砰砰”的声音，像功率较大的引擎运转的声响。我还乘火柴的闪光时发现，有一股稳定的气流向井下冲。我向井口里扔了一小片纸，纸不是缓缓飘落下去，而是一下子给吸了进去，从视线中消失得无影无踪。

又过了一会儿，我把这些井和山坡上随处矗立的高塔联系起来，因为高塔的上方经常出现那种在炎炎烈日烤炙的海滩上可以看到的闪光。把这些现象联想到一块儿，我觉得地下极有可能有一个庞大的通风系统，但它的真正意义就难以想象了。我起初总是喜欢把这个通风系统和这些小人的卫生设施联系在一起。这个结论看似顺理成章，却是完全错误的。

我在此必须承认，我在这个真实的未来世界逗留期间，对他们的排水沟、钟、运输工具，以及诸如此类的便利设施所知甚少。在我读过的关于乌托邦和未来时代的一些幻想著作中，有大量的关于建筑和社会设施等的详细描述。当整个世界存在于个人的想象力中时，这些细节唾手可得。而对于真正的旅行家来说，当置身于如我所发现的这种现实中时，这些细节就无处可寻了。想想伦敦流传的那个故事吧，说的是有个黑人刚从中非来到文明世界，但马上又要回他的部落去。他对铁路公司、社会运动、电话线、电报线、包裹投递公司、汇票和诸如此类的事物，又能知道多少？但是，我们至少是乐意向他讲清楚的。可即使他已经搞懂了这些事情，回去后他又能让他那些没出过远门的朋友理解或相信多少呢？那么，再想想在我们的时代，黑人和白人差距是多么小，我自己同这些黄金时代的人差距是多么大！虽然还未亲眼看过，但是我感觉到一定有许多设施为我们所享受到的这种舒适而服务。但是除了对他们的自动化系统有一个笼统的印象外，恐怕我对你们也讲不出多少其中的不同。

拿殡葬来说，我没有看到过火葬场的标记，也没有看见任何像是坟墓的东西。当然，在我没去过的地方也许会有公墓（或者火葬场)。这又是我特意向自己提出的一个问题，但我在这个问题上的好奇心没有得到丝毫满足。这令我困惑不解，也因此引导我注意到更使我感到困惑的一件事：这些人当中完全没有老弱病残。

我最初认为这是一种自动化文明。有人曾说，人类社会正走向衰落。现在我得承认，这种理论站不住脚了，可我暂时又没有更好的解释。让我来说说这其中的困难吧。我光顾过的那些大宫殿只有起居处、宽敞的餐厅和就寝之处。我在那里没有见到什么机器，也没见到什么别的器具。可这些人衣着舒适华美，时时需要更新换代。他们穿的凉鞋，虽然没什么装饰，却也是相当复杂的金属制品。这些东西总得用某种方法制造出来。而这些小人儿并未表现出丝毫的创造力。他们的世界里没有商店，没有车间，也没有任何进口商品的迹象。他们只是用斯文的玩耍打发时光，在河里沐浴、半开玩笑地谈情说爱、吃水果和睡觉。我真不明白他们是如何维持这种生活的。

现在让我们再来说说时间机器吧。某种我未知的生物，把它弄到白色斯芬克斯像的基座里去了。但为什么这么做呢？

我就百思不得其解了。还有那些枯井，那些闪光的高塔，都使我感到毫无头绪。我觉得——怎么说呢？这就像你发现一篇碑文，浅显易懂的英文句子里却掺杂着一些你根本看不懂的字词或字母一样。哦，这就是在我到达的第三天，公元802701年的世界给我的印象！

也是在那一天，我结交了一个朋友——应该算得上是吧。事情的经过是这样的。当时，我正看着那些小人在浅水里沐浴，其中一个突然抽筋，就要顺着水流漂走了。虽然水流相当湍急，但即使是水性一般的人也能应付得来。可是，那些小人却眼睁睁地看着同伴沉下去，任凭她拼命呼救，都无人施以援手。因此，说到这里，你们都会了解到这些家伙在人格上有着奇怪的缺陷。我看到这个情形，急忙脱掉衣服，在下游水较浅的地方涉水而过，抓住那个可怜的小家伙，把她安全地拉上了岸。我给她的四肢轻轻地按摩了一阵，她就苏醒了。我离开时她已经安然无恙了，这使我也觉得很满足。我以为这些小人并不怎么重视感情，所以也就没指望她会感激我。可这下我又错了。

救人的事发生在早上，下午我遇上了那个小女人，应该是那个被我救上来的小女人。当时我正外出探险归来，回自己的大本营。她欢呼着迎接我，给我献上一个大花环——这花环显然是她专门为我扎的。这引起了我的遐想，这极有可能是因为我在此之前一直感到孤独凄凉的缘故吧。我尽量摆出欣赏这一礼物的样子。我们很快一起坐在一个小石亭里开始了交谈，其实主要是彼此相对微笑。这小女人的友善就像孩子的友善一样打动了我。我们互递鲜花，她吻了我的手，我也回吻了她的手。随后我又设法和她交谈，并且得知她的名字叫薇娜，虽然我不清楚这名字的含义是什么，但觉得用来做她的名字再合适不过了。我们俩奇特的友谊就这样开始了，这段友谊持续了一个星期便结束了——且听我细细道来。

她如同孩子般，总想终日与我厮守。无论我去往何方，她都设法寸步不离地跟着我。后来，有一次出门，我存心累坏她，然后撇下她一走了之，她精疲力竭，在后面号啕大哭。我于心不忍，但是，总不能就这样听之任之。我告诫自己，我到未来世界来可不是为了来段风流韵事的。可每次在我离开她出门的时候，她都伤心欲绝，分手时她对我的叮嘱近于疯狂。总而言之，我想，她对我的一往情深所带来的麻烦丝毫不亚于她所给予我的安慰。然而不管怎样，她给予了我极大的安慰。我想是一种孩子般的亲情使得她对我依依不舍。等到我弄清楚了我的离去给她造成了多大的痛苦，以及她对我而言有多么重要时，一切为时已晚。从她劳而无功的关怀方式就可以看出来，这个洋娃娃般的小人儿仅仅出于对我的喜爱之情，就一心牵挂着我。这让我每当走到白色斯芬克斯像的附近时，心里就会油然而生一种游子归家的感觉。一翻过那座小山，我就开始寻找她穿着白黄两色衣服的娇小身影。

也是从她那里，我才得知恐惧仍在这个世界中徘徊不去。白天她什么也不怕，对我也无比信任，因为我有一次突发傻劲，朝她做了个吓人的怪脸，对此她仅是嫣然一笑。不过她怕黑，怕阴影，怕黑色的东西。对她而言，黑暗是唯一令人畏惧的东西。这是一种非常强烈的恐惧，它促使我去思索和观察。后来我还发现了另一桩事，这些小人儿天黑后就聚集到那几座大房子里，成群地挤在一起睡觉。在黑暗中靠近他们就会引发好一阵警觉的骚动。我发现，天黑后他们就不在室外活动了，而且也不会单独睡在屋里。然而，我是个傻瓜，未能从这种恐惧中吸取教训，并且不顾薇娜的悲伤，坚持不和这帮嗜睡的家伙睡在一起。

这令她极其烦恼，可她对我的奇特的深情胜过了一切。我们相识后的五个夜晚，包括最后一晚，她都枕在我的臂弯里酣然入睡。不过一说到她我的话题又要岔开了。在我救她那天的前一天夜里，我在黎明时分醒了过来。我睡得极不安稳，梦境纷乱，梦见自己被淹死了，海葵的软须拂着我的脸。我一惊而醒，心头掠过一阵奇怪的感觉，好像某种灰色的动物刚刚冲出室外。我试图再次入睡，可又感到不安和难受。那时天将破晓，一切都刚隐隐约约地从黑暗中探出头来，看不出颜色却又轮廓分明，似真似幻。我起身走出大厅，来到宫殿前的石板上。既然睡不着，干脆就看看日出吧。

月亮正在缓缓落下，晦明之间，逐渐暗淡的月光和黎明的第一道曙光有如水乳交融。灌木丛墨黑一片，阴暗笼罩大地，天空苍凉无色。向山上望去，我以为自己看到了幢幢鬼影。几次仔细观望山坡时，都看到了白色的身影。有两次我看到一只白色的猿猴似的动物飞快地跑上了山。还有一次我看到废墟附近有几只这样的动物抬着一具黑乎乎的尸体。它们移动得很快，我没有看清它们最终去了哪里，似乎是消失在灌木丛里了。这时曙色依然迷蒙，看不清是可以理解的。我觉得浑身冰冷，不确定是不是因为清晨寒意袭人，你们也许了解这种感受。我怀疑是不是自己看花了眼。

东方的天空渐渐明朗，白昼已经来临，大地恢复了它原有的斑斓色彩。我睁大眼睛环视四周，但没有发现刚才见到的白色身影。它们只出没于昏暗之中。“它们一定是鬼！”我说，“不知它们来自哪个年代。”我想起了格兰特·艾伦[①]的一条奇谈怪论，感到很好笑。他坚持说，如果每一代人死后都变成鬼，世界到最后一定会鬼满为患。依此类推，到了八十万年左右，鬼的数量就会数不胜数。那我刚才一眼看到四五个也就不足为奇了。可玩笑终归是玩笑，解决不了我的疑问。整个早上

① 格兰特·艾伦（1848—1899），英国生物学家。

这些身影都在我的脑海里打转，直到后来去救薇娜我才暂时把它们置之脑后。我依稀把它们和我第一次急切寻找时间机器时惊动的那只白色动物联系了起来，但可爱的薇娜使我忘却了这事。尽管如此，它们注定很快要回来牢牢占据我的心神。

记得我曾说过，黄金时代的天气要比我们自己时代的天气热得多。我也说不清个中缘由，也许是太阳越来越热，或者是地球离太阳更近了。人们通常认为，太阳会在未来逐步冷却下来。但是对小达尔文[①]学派的那些假说不太熟悉的人们，忽视了行星最终将逐个回归母体。当这种灾难发生时，太阳将会在新的能量中爆发，说不定某个较靠近太阳的行星已经遭此厄运。不管理由是什么，事实是太阳要比我们所了解的热得多！

哦，一个炎热的早上——我想是第四天吧，我正在我睡觉吃饭的大房子附近的大片废墟里转悠，寻找一个遮阴避暑的地方。这时怪事发生了：我在废墟堆里爬上爬下时，发现了一条狭窄的过道。过道尽头和两侧的窗户被坍塌下来的石块堵住了。刚进来时里面显得幽暗莫测，和明亮的外面形成强烈的反差。我摸索着走进去，由于从亮处一下子走到暗处，我一阵眼花，仿佛许多彩色光点在眼前游动。突然，我停住脚步，不知所措。只见两只眼睛在日光的反射下闪闪发光，在黑暗中注视

---

① 乔治·达尔文（1845—1912），英国天文学家，生物学家查理·达尔文的第二个儿子。

着我。

那种对野兽天生的畏惧感袭上我的心头。我握紧拳头，目不转睛地死死盯住这对发光的眼珠。我很害怕，不敢回头。这时我想到这里的人好像生活在绝对的安全之中，随后我又想起他们特别害怕黑暗。我尽力克服自己的恐惧，向前跨出一步，开口说话。我得承认，当时我的声音粗嘎刺耳并且颤抖不已。我伸出手，摸到了软乎乎的东西。那双眼睛随即闪到了一边，接着有个白色的东西从我身旁窜了出去。我心惊胆战地转过身，看见一只古怪的像猿猴一样的小动物，怪模怪样地耷拉着脑袋，迅速穿过我身后的那块阳光灿烂的空地。慌乱中它撞上了一块花岗岩，向旁边蹒跚了几步，转眼间又躲到了另一堆残砖瓦砾下的阴影中。

我对它的印象肯定不够完整。但我知道它浑身灰白，长着一对奇异的暗红色的大眼睛，头上和背上长有浅黄色的毛。不过，我刚才说过，它跑得太快了，以至于我没能看清楚。我甚至说不清它是靠四条腿跑的，还是只用低垂的前肢跑的。须臾之间，我尾随它跑进另一堆废墟。开始我找不到它，可在幽深的暗处搜寻了一会儿，我碰上了一个我对你们讲过的像井一样的圆洞，洞口被一根倒下的柱子半封住。我突然想到，这东西会不会跑到井里去呢？我划亮一根火柴，借着光亮朝下看，只见一只白色的小动物在移动，后退时闪闪发光的大眼睛死死地盯着我，使我不寒而栗。它简直像个蜘蛛人！它正沿着井壁在往下爬，我这才第一次注意到有许多金属杆组成了一道下井梯。这时火柴烧到了我的手，从我手上掉下去，火苗没落地就熄灭了。当我划亮第二根火柴时，那小怪兽已经消失不见了。

我不知道我坐在那里朝井下看了多长时间。好一阵子我都没法让自己相信我看到的东西是人。但是，我渐渐地明白了事情的真相：人类并不是只有一个种类，而是分化成为两种截然不同的生物。地上世界中的那些温文尔雅的孩子并不是我们这代人唯一的后裔，而这白色的、可憎的、喜欢夜间活动的东西也是历代传下来的子孙后代。

我想到了闪光的高塔和我提出的地下有通风设备的理论。我开始怀疑它们的真正意义。我不知道在这个我认为完美和谐的社会组织里，这种像猿猴一样的东西到底在干什么事情？它和美丽的地上世界的居民表现出的懒惰和安详是怎样联系在一起的？在下面，在这井的底部藏着什么？我坐在井边上，告诉自己无论怎样都没有什么好怕的，并且我必须下井才能使我的疑问得到解答。可是，我依然对下井这档子事极为发怵！正当我犹豫不决时，两个漂亮雅致的地上世界的居民开始打情骂俏起来，他们穿过阳光跑进了阴影中。男的在后面追逐女的，一边追一边朝她抛撒鲜花。

当他们看见我用胳臂撑着倒下来的柱子朝井下张望时，好像痛苦万分。显然，谈论这些井口被认为是不礼貌的举动，因为当我指着这个井口，想用他们的语言提问时，他们露出了更加痛苦的表情，并且都把脸转了过去。可他们对我的火柴很感兴趣，于是我划亮了几根去逗他们开心。之后我又向他们问起井口的事，可还是一无所获。于是我立即离开他们，想回到薇娜身边去，看看从她那里能打听到什么。不过我的想法已经彻底改变，我的猜测和想法都渐渐有了新的思路。现在，关于这些井的意义，关于通风塔和鬼怪之谜，我都有线索可循。不用说，关于铜门的含义和时间机器的失落也得到了启示！连曾经令我困惑的那个经济问题，我好像也模模糊糊地抓到了点寻求解答的窍门。

下面是我的新观点。显而易见，这第二种人生活在地底下。我觉得他们很少出现在地面上是由于长期生活在地下已成习惯，有三种特别情形为证：首先，他们的脸和大多数主要生活在黑暗中的动物一样苍白——比如说，肯塔基山洞里的白鱼。其次，能够反光的大眼睛是喜欢夜间活动的动物的共同特征——猫头鹰和猫就能证明这种情况。最后，他们在阳光下明显不知所措，手忙脚乱地匆匆逃向黑暗的阴影处，以及见到光就耷拉下脑袋的怪样子——这一切都进一步证明他们的视网膜极其敏感。

那么，在我的脚底下，一定有许多纵横交错的隧道，这些隧道就是这一新种族的栖身之所。布满山坡的通风塔和井口——事实上，除了河谷地带四处皆有——表明隧道的分布是多么普遍。这样的话，假定把这些隧道建在人造的地下世界是为了让生活在日光里的种族过得更舒适所必需的，这不是再自然不过的事吗？这个看法似乎很合理，我马上就接受了，并且进一步设想人类分化的缘由。我敢说，你们能预料到我的理论大体上是什么内容，然而就我自己来说，我很快感到它和真相相去甚远。

首先，就从我们自己生活的时代里所存在的问题说起吧。我觉得毋庸置疑的是，资本家和劳动者之间目前只不过是暂时的社会差距正在逐步拉大，这是整个事情的关键所在。毫无疑问，对你们而言，这好像太离谱了——也是令人难以置信的！然而即使在现代都有种种现状可以来证明这个道理。现在有一种趋势，大量利用地下空间发展文明生活中不太需要美观的事业。例如说，伦敦有大都会铁路，有新型的电气铁路，有地铁，有地下工作间和地下餐馆。它们的数量还在不断地成倍增加。我想，这一趋势显然已经发展到工业在光天化日之下逐渐失去了原先的立足之地。我是说，地越挖越深，地下的工厂越办越大，人们在地下度过的时间也越来越长，直到最后——即使在现在，伦敦东区的工人不就已经生活在事实上已远离地面的人工环境里了吗？

另一方面，富人那种排除异己的趋势——无疑是由于他们的教育正在不断完善，以及他们与穷人大老粗之间的隔阂日益扩大——促使富人从自身利益出发，纷纷把大量土地占为己有。例如，伦敦附近的美丽乡村，大概有一半都被圈起来不准人们入内。这日益扩大的隔阂——由于富人的高等教育费时长、耗资大，而且他们渴望过高雅的生活而不断为此增添设施——将越来越限制阶级之间的交流，并且，目前阻止人类按社会阶层分裂的通婚行为也变得越来越少。因此，到头来地上必定就成为富人的天下，他们追求享乐、舒适和美好的东西。地底下就是穷人，那些让自己去不断适应劳动环境的工人。他们一旦来到地下，无疑就得为他们地下通道里的通风设备付钱，而且不是付一点点。如果拒付，他们便会忍饥挨饿或者窒息而死。他们中的贫困者和反叛者将只有死路一条。最终，达到一种永久的平衡，幸存者将完全适应地下的生活条件，和地上世界的居民一样自得其乐。所以，地上居民优雅的美和地下居民长期不见阳光的苍白也就自然而然地随之出现了。

我脑子里梦想的人类的伟大胜利可不是这样的，这根本不是我想象中的那种道德教育和通力合作的胜利。与此相反，我看到了真正的贵族阶级，具备完美的科学知识，正在把今天的工业制度推向一个合乎逻辑的结局。人类的这场胜利不仅仅是对于自然的胜利，这是对于自然及其同胞的胜利。我必须提醒你们的是，这是我当时的理论。我在乌托邦的书里没有找到现成模式的指导思想。我的解释也许是完全错误的，可我仍然认为它是最言之有理的解释。但即使照此解释，最终取得均衡的文明也一定早已过了它的巅峰时期，现已日渐衰落。地上世界的居民由于过分安全的环境已开始慢慢退化，身材、力量和智力日见衰退。这一点我已经看得很清楚。地下居民成了什么样子，我还猜想不出来。但从我看到的莫洛克人——顺便提一句，这是地下世界居民的名字——我可以想象，这一人种的变化比我已经了解的埃洛伊这个美丽的种族大得多。

可我还是百思不得其解，莫洛克人为什么要拿走我的时间机器？我肯定是他们拿走的。如果埃洛伊人是主人，为什么没有把时间机器归还于我？他们为什么这样害怕黑暗？就像我说的那样，我继续向薇娜询问地下世界的情况，可我又一次失望了。起先，她听不懂我的问题，之后，她又拒绝回答我的问题。她浑身发抖，似乎她难以忍受这个话题。当我逼她讲时，也许粗暴了点，她突然大哭了起来。除了我自己之外，我在黄金时代只看到她流过泪。看到这眼泪，我立即不再提问，不愿再为莫洛克人的事烦心，一心只想让薇娜不再流泪，从她的眼里揩去这些人性遗留的痕迹。当我一本正经地点燃一根火柴时，她很快又破涕为笑，高兴地拍起了手。

第六章

你们对此也许感到奇怪。但过了两天以后，我才循着新发现的线索，沿着正确的方向追踪下去。这之前我看到那些苍白的躯体，总有一种特别的畏缩感。在我眼中，他们就像人们在生物博物馆里看到的保存在酒精里的虫子和动物，颜色灰白，触手冰凉，令人恶心。我的畏缩感多半是受了埃洛伊人的影响，我终于对他们厌恶莫洛克人的情感深有体会。

接下来的那个晚上，我没有睡好。可能是诸多的疑惑和疑虑使我感到压抑，以至于弄得我有点身心失调。有那么一两次，我还产生了强烈的恐惧感，却又说不清到底在害怕什么。记得有一次，我在月色下悄无声息地走进了那些小人睡觉的大厅——这一晚薇娜也在他们中间——看到他们我才放下心来。即使在那时，我依然忧心忡忡，再过几天等月亮过了下弦就会是朔月，夜晚将变得一片漆黑。这些令人讨厌的地下生物，这些白色的怪兽，这些取代了前辈的新一代害虫也许会更多。这两天，我像是一个想逃避不可推卸的责任的人，一直焦躁不安。我认识到了，只有勇敢地爬下那些井，去揭穿这些地下之谜，我才有把握找回时间机器。可我又不敢真的直面这地下之谜，要是我有个伴儿，事情就不至于这样，而我是孤零零一个人啊。每当想到要往那个黑乎乎的深井里爬，我就毛骨悚然。我不知道你们能否理解我的感受，可我始终有后顾之忧，从未觉得有什么安全后盾。

也许正是这种焦躁不安和不安全感驱使我向更远的地方去探险。朝西南方向现在称为康沃德的高地走，在19世纪班斯塔德的方向，我远远看到一座绿色的大型建筑物。它和我迄今为止见过的任何其他的建筑物都不一样。它比我所知的最大的宫殿或废墟还要大，正面的建筑风格带有东方情调：表面富有光泽，呈淡绿色，与某种青绿色的中国瓷器颇为类似。外观的差异表明它与其他建筑物的用途不同。我本来有心继续探索，可天色已晚，便决定把这个探险工作推迟到第二天，就回去接受薇娜的欢迎和温存了。可第二天早上，我清楚地察觉到我对青瓷宫殿的好奇有点自欺欺人，完全是为了逃避那个一再令我害怕的事情。我决定不再浪费时间，立即下井。于是我一大早就上了山，朝着花岗岩废墟旁边的那口井走去。

小薇娜跟着我跑。她蹦蹦跳跳地伴着我来到井边，可当她看到我趴在井口上向下张望时，显得出奇地惊慌失色。“再见，小薇娜。”我说着吻了她一下，接着，放下了她。我开始翻过井栏，去摸下井用的梯子。我也得承认，我当时相当匆忙，因为我怕勇气会在犹豫之间丧失殆尽。薇娜先是惊异地望着我，然后发出一声凄楚的叫喊，冲过来用她的小手用力拉住我。她的反对没能使我回心转意，反而更增强了我下井的勇气。我有点粗鲁地甩掉了她的手，转眼间，我就下到井的入口处了。我抬头看了一眼，只见她那从井栏上向下望的小脸充满了痛苦，于是我冲她微笑，让她放心。然后，我不得不低头看着我手里抓着的金属杆。

我要向井下爬上二三百码的距离。因为很多金属杆从井壁上突出来，下井大受影响。显然，这些金属杆是适用于比我小得多也轻得多的生物的。所以我没爬多久就觉得束手束脚，疲惫不堪了。还不只是疲惫，有一根金属杆承受不住我的重量，突然弯曲，差点把我摔下漆黑的井底。我一下子只剩单手吊在半空中。自那之后我不敢再作停留。尽管我的手臂和背部都酸痛难忍，我还是尽快顺着陡峭的井壁爬下去。此时我抬头向上看去，只见井口仿佛一只蓝色的小圆盘，一颗星星在其中清晰可见，而小薇娜探出的头就像一个圆圆的黑点。从井下传来机器的轰鸣声，声音越来越响，越来越令人难以忍受。除了头顶上那个盘子一样的井口，周围一片漆黑，伸手不见五指。我再次向上张望时，已经看不到薇娜了。

我极为不适。一个念头闪过脑海，不如再爬上去，不去管那地下世界了。但就算转着这个念头，也丝毫没有影响我向下爬的速度。终于，我隐约看到在我的右方一英尺左右的井壁上，有一个狭长的小洞，这使我大大地松了一口气。我晃悠着荡了进去，然后，发现这原来是一个横向隧道的洞口，我可以在里面躺下来休息一下。我的胳膊疼痛，背部肌肉痉挛，由于长时间担心跌下去而战栗。此外，无边的黑暗也使我的眼睛酸痛。耳中满是机器向井下抽吸空气的轰鸣声。

我不知道躺了多长时间。一只柔软的手触摸我的脸，把我惊醒了。我在黑暗中惊得跳了起来，抓住火柴，慌忙划着了一根。我看见面前有三个弓着背的白色生物，样子与我在地面上废墟里看到的那只动物类似。他们见到亮光后仓皇后退。由于他们生活在幽深莫测的黑暗中，所以他们的眼睛像深海鱼的眼睛一样，大得出奇，并且对光异常敏感，还能反射光线。我可以断定，他们在没有光线的幽暗中是可以看到我的，他们只是怕光，好像一点儿都不怕我。但是，在我点亮一根火柴想看个究竟时，他们就不由自主地逃走，隐没在黑暗的地沟和隧道里，用奇特的方式盯着我。

我设法招呼他们，但是他们的语言显然和地上世界的居民所使用的不同。我孤立无援，只能自力更生。打退堂鼓的念头再次在脑海里盘旋，但是我对自己说："你现在已经骑虎难下，欲罢不能了。"我顺着隧道摸索前行，一路上，机器的噪声越来越响。没过多久，我走出了隧道，进入一个很空旷的地方。我又划着一根火柴，发现自己走进了一个拱形的大洞中，洞穴很深，已经超出火柴光所能照到的范围。火柴光照射的范围之外我什么也看不清。

我当时的记忆已经有些模糊不清了。有一个像大型机器一般的庞然大物，从朦胧中显露出来，投下了怪诞的黑影，幽灵般的莫洛克人就在这黑影里躲避着光照。顺便说一句，这地方空气混浊，让人感到呼吸困难，而且还弥漫着一股淡淡的新鲜的血腥味。离空地中央不远的地方有一张白色金属制成的小桌子，上面摆的好像是他们的食物。无论如何，莫洛克人是食肉动物！即使在那时，我还有些纳闷儿，是什么大型动物能够存活至今？他们桌上摆的明明是鲜红的带骨肉。这一切都难以捉摸：浓重的气味，呆板的庞然大物，潜伏在黑影里可憎的家伙，只等到黑暗时就要再度袭击我！这时，我手中的火柴烧到了根部，烫了一下我的手指，落到地上，黑暗中仅余一点红星闪动。

我一直在想，进行这次时间旅行，我所带的装备是何其贫乏。我坐时间机器出发时，曾一厢情愿地认定，在设备方面，未来世界的人们无疑比我们先进得多。所以，来时没带武器，没带药品，也没带任何抽烟用具——有时我想抽烟想得要命——甚至我连火柴都没带够。要是当初想到带架柯达相机该多好啊！我就可以在瞬间摄下地下世界的景象，待闲暇之时再细细研究。可事实上，我站在那里，只有大自然赋予我的武器和力量——手、脚、牙齿，此外还有剩下的四根安全火柴。

在这黑暗中，我不敢走过这台大机器继续向前。我借着最后的火光匆匆一瞥，发现火柴已所剩无几，我这才意识到要节约火柴。在吓唬那些地面上的人时，我已经浪费了差不多半盒，对于他们来说，火是个新奇的玩意儿。现在，如我所说，我只剩下四根火柴了。当我伫立在黑暗中的时候，有一只手碰了我一下，细长的手指摸到我的脸上，我闻到一股子怪味。我听到了这群围在我周围的可怕的小东西的呼吸声。我感觉到我手中的火柴盒被轻轻打开了，身后还有手在拉扯我的衣服。这些我看不见的家伙正在观察我，这种感觉极其令人不快。黑暗中，我突然清醒地意识到我对他们的思维和行事方式一无所知。我拼命朝他们大吼大叫。他们吓得跑开了，但很快就又围了上来。他们更大胆地抓向我，还相互轻声说着什么。我浑身剧烈哆嗦，又喊了起来，声音都变了调。这次他们没有受到太大惊吓，又一次包围我时还发出古怪的笑声。我承认自己倒吓了一大跳。我决定再划一根火柴，在光亮的保护下脱身。于是我点亮火柴，还从口袋里掏出来一张纸点燃以维持火光。然后，我赶紧朝狭窄的隧道里退去，可刚进隧道火就灭了。黑暗中我听到莫洛克人紧跟在后追赶我，脚步声沙沙作响，像风吹树叶或是雨点落地似的。

我一下子被几只手抓住了，不用说，他们是想把我再拖回去。我又点亮一根火柴，在他们怕光的眼前挥动。你们简直无法想象他们人不人鬼不鬼的样子看上去多么叫人作呕——脸色苍白，没有下巴，灰红色的大眼睛没有眼睑，注视你时茫然而又困惑。可我并未停下来去细细打量，我向你保证。我再次后退，第二根火柴熄灭后，我点亮第三根。等它快要烧尽时，我已经退到隧道的入井口。我在入口的边上躺了一会儿，因为井底下大型气泵的砰砰声震得我头晕目眩。随后我伸手到井壁上去摸凸出来的金属杆。正摸着，有人从后面抓住了我的双脚，猛地向后拖。我点亮最后一根火柴……可它忽地熄灭了。但恰在这时我抓住了攀缘的栏杆，拼命踢脚，终于从莫洛克人的手中挣脱出来。我迅速朝井上爬去，他们干瞪眼没办法，只能眼睁睁地望着我，只有一个小坏蛋跟在我身后爬了一截，差点把我的靴子抢去当战利品。

我好像怎么也爬不到尽头，最后到离井口还有二三十英尺时，突然觉得恶心得要命。我体力不支，手已经快抓不住金属杆了。最后几码我苦苦挣扎，艰难地撑着不要晕过去。好几次我头昏脑涨，神志迷糊，感到自己跌了下去。然而，我终于爬到井口，蹒跚着走出废墟，来到耀眼的阳光下。我一下子趴在地上，连泥土闻起来都是如此清新馥郁。我记得薇娜亲吻我的手和耳朵，还听到了其他埃洛伊人的声音。之后我暂时失去了知觉。

第七章

老实说，这下子我的处境比先前更糟了。到目前为止，除了丢失时间机器的那天晚上痛苦万分以外，我一直抱着最终逃生出去的希望。可这次地下探险的发现动摇了我的信心。以前我一直以为妨碍我的是这些小人儿孩子气的单纯和某种莫名的力量，我必须先对此有所认知才能战胜这种力量。但莫洛克人令人厌恶的品性里有一种我所生疏的成分——一种无人性的邪恶的东西。我本能地厌恶他们。以前，我觉得自己像个掉进深坑里的人，关心的是深坑的情况和怎样能爬出去。如今，我觉得自己像只陷阱中的困兽，敌人很快就会向我扑来。

你们也许会感到惊讶，我所害怕的敌人是新月时夜晚的黑暗。薇娜起初说了一些难以理解的话，给我灌输了黑夜的概念，现在要猜测即将来临的黑夜意味着什么易如反掌。月亮已经过了下弦，夜晚黑暗的时间也相应延长了。我现在多少有点明白了那些地上的居民为何如此害怕黑暗。我暗暗疑惑着，在新月的黑暗掩盖下，莫洛克人会干出些什么罪恶勾当来。我现在可以肯定，我的第二个假设是完全错误的。地上的居民也许曾经是深受上天厚爱的贵族，莫洛克人只是供其驱使的仆人，可这一切早已成为过往云烟。受人类进化的影响，这两个人种彼此的关系正在发生变化，或者说，已经形成一种全新的关系。埃洛伊人就像卡洛林王朝[①]的君主们，已经退化成中看不中用的废物。他们只是勉强地占据着地面上的世界。因为世代生活在地下的莫洛克人，最后发现无法忍受灿烂阳光的照射。据我推断，也许是因为服侍人的旧习未改，所以莫洛克人才会为埃洛伊人做衣服，并且一直维持着他们的这一习惯需求。他们这样做和站着的马用蹄子刨刨地，或者有的人喜欢狩猎杀生一样自然，因为古代和过去生存的需要，已给他们留下了深刻的印象，成为本能。不过，很显然，古老的秩序已在某种程度上有所颠倒，惩罚养尊处优者的复仇女神涅墨西斯[②]迅速而悄然地降临人间。很久以前，千万代人以前，人类曾经剥夺了他的同胞享受快乐和阳光的权利。现在这同胞要回来了——他们

① 卡洛林王朝是自公元 751 年统治法兰克王国的王朝。在此之前，其王朝成员以宫廷宰相的身份治理王国朝政。

② 涅墨西斯是古希腊神话中的女神。传说是黑夜女神所生。初为命运女神，后来专门惩罚那些过于幸福、骄傲自满的人，最后就成为复仇女神。

变啦！埃洛伊人开始重温古老的功课，他们又开始与恐惧为伍了。我突然想起了我在地下世界看到的肉，此时浮现这个念头也真够奇怪的：不是由我的思绪引发的，而像是凭空闯入脑海的。我试图回忆那东西的形状，有一种似曾相识的感觉，可又说不清它到底是什么。

不过，无论那些小人儿在神秘的恐惧面前有多么无助，我对待恐惧的态度都与他们截然不同。我来自我们生活的这个时代，来自人类成熟的全盛时期，在这个时期，恐惧已不能使人类丧失勇气，而神秘的事物也已失去它的威慑力。至少，我会保护自己。事不宜迟，我决定将自己武装起来，再造一个坚固的堡垒用以就寝。以此庇护所作为基地，我就能信心十足地面对这个陌生的世界。在我发现每夜睡在莫洛克人眼皮底下后曾一度丧失信心。我感到只有确保我的床免受他们侵袭之虞，我才能安然入梦。一想到他们曾这样或那样地观察过我，我就不寒而栗。

至少，我会保护自己。事不宜迟，我决定把自己武装起来，并找个可以安心睡觉的地方。只有找到这样一个避难所，我才可能恢复逐渐丧失的自信，来面对这个陌生的世界。

下午，我徘徊在泰晤士河谷边，可没有找到能够阻挡他人长驱直入的地方。根据那些井来判断，莫洛克人肯定是身手敏捷的攀爬好手。对于他们来说，攀爬所有的建筑和树林都能如履平地，来去自如。于是，我又想起青瓷宫殿上高耸的尖顶和它光滑闪亮的墙壁。傍晚，我把薇娜当作孩子似的扛在肩上，朝西南方向的山上走去。我估计路程有个七八英里，可实际上我走了将近十八英里的路。我在一个阴雨绵绵的下午初识此地，那时目测的距离往往会比实际距离短。此外，我一只鞋的后跟松了，一颗钉子戳穿了鞋底——那是一双我在室内穿得舒适的旧鞋——所以走路时只得一瘸一拐。当宫殿进入我的视线的时候，太阳早已落山，淡黄色的天穹映衬出宫殿黑色的剪影。

我刚开始扛薇娜的时候，她十分开心。可不一会儿她就要我放她下来。她跟在我身边，有时还跑到路边去采些鲜花插到我口袋里。薇娜总是对我的口袋困惑不已，但最后她得出结论，认为它们是用于插花的一种古怪花瓶。至少她是这样使用我的口袋的。对了，想起来了！在换外套时我发现……

时间旅行者停了下来，把手伸进口袋，默默地掏出两朵已经凋谢的花放到小桌子上，那花像是大朵的白锦葵。之后，他又继续讲了下去。

天色渐晚，大地一片幽静宁谧。我们继续前行，翻过山头朝温布尔登[①]走去。薇娜疲惫不堪，很想回那幢灰色石厦去。

---

① 伦敦郊外的一个小镇，以举办网球比赛而著名。温布尔登网球锦标赛也称全英草地网球锦标赛，由全英俱乐部和英国草地网球协会创办于 1877 年 7 月，是现代网球史上最早举办的比赛。每年 6 月底至 7 月初举行比赛。

但我伸手指着远处的青瓷宫殿的尖顶，设法让她明白，我们是要去那里寻找躲避恐惧的避难所。你们熟悉黄昏前万籁俱寂的情景吗？树梢上一丝儿微风也无。在我看来，夜晚的寂静无声中总是弥漫着一种期待。此时的天空明净澄澈、悠远空旷，只在天边残留着几抹落日的余晖。哦，那天晚上，这种期待更加突出了我心中的恐惧。在黑暗的静寂中，我的感官好像异常敏锐，我甚至觉得可以感受到脚下的地洞。真的，我几乎可以透过洞穴看到，莫洛克人正在他们的巢穴里四处奔走，等待着黑夜降临。我激动不安，心想，也许他们会把我进入他们地洞的事，看成是我的宣战。可他们为什么要弄走我的时间机器呢？

我们就这样在寂静中走着，暮色逐渐加深，黄昏变成了黑夜。远处澄澈的蓝天慢慢暗了下来，星星一颗接一颗地钻了出来。大地一片朦胧，树林里黑压压的，薇娜越来越怕，越走越累。我把她搂在臂弯里，一边对她说话一边爱抚她。这时，暮色越发浓厚。她用双臂搂住我的脖子，闭上眼睛，脸紧贴在我的肩膀上。就这样，我们走下一道长长的山坡，转入一处河谷之中。天色昏暗，我差点走到一条小河里去。我蹚水过河，登上河谷的对岸，沿途经过许多住房和一尊雕像——一个无头的农牧神[①]之类的雕像。这里也有些刺槐。此时，我还没见到莫洛克人的影

① 古代罗马神话中保护动物的神，为半人半羊的形状。

子。不过，现在夜色尚早，在下弦月升起之前，我们还要度过一段更黑暗的时刻。

前面是一个小山坡，山脊处有着大片茂密树林，黑压压地挡在我们的面前。我犹豫了，树林两侧都一望无际。我觉得很累——尤其是双脚酸痛难忍——于是停下脚步，小心翼翼地把薇娜从我的肩上放了下来，随后在草坪上坐了下来。这时，我已看不见那座青瓷宫殿了，我怀疑是不是走错了方向。我朝那浓密的树林看了看，心想那里面会隐藏着什么危险呢？树林里枝丫密密麻麻，纵横交错，置身其中，连天上的星星也看不到。即使不存在其他潜在的危险——我不愿多想的危险——也会有那些绊人的树根和容易撞上的树干。

经历了白天的激动过后，我也很乏了。于是，我决定停止前进，在这个空旷的小山冈上过夜。

让我高兴的是，薇娜已经熟睡了。我轻手轻脚地用外套把她裹起来，坐在她身旁等待月出。山坡上沉寂而荒凉，可黑乎乎的树林里不时传来动静。这是一个晴朗的夜晚，夜空中群星璀璨。我在这闪烁的星光里感受到了一种友好的安慰。然而，在天空中已经找不到我们生活的时代所熟悉的星座了。漫长的岁月中，天穹上斗转星移，重新排列成新的组合。但依我看，银河仍一如往昔，是由星团组成的破碎的光带。南边（据我判断）有一颗明亮的红星，这颗星我并不熟悉，它甚至比我们生活的时代里那颗绿色的天狼星[①]还要明亮。在点点星光闪烁中，一颗明亮的行星发出温和稳定的光芒，看起来就像一张老朋友的脸。

仰望夜空中的繁星点点，我一时间突然觉得，自己的烦恼和一切尘世纷扰都显得微不足道了。我想到它们遥不可测的距离，想到它们从未知的过去到未知的未来缓慢而不可避免的运动趋势。我想到地球公转时的轨道就是一个大圆圈。而在我已经走过的全部人生岁月里，地球不过是安静地转了四十圈。在这屈指可数的四十次旋转里，所有的人类活动，所有的传统、复杂的机构、国家、语言、文学、灵感，就连我记忆中熟悉的人类，都被扫荡干净不复存在了。取而代之的，就是这些已经忘掉他们高贵祖先的脆弱的埃洛伊人，以及那些令我恐惧的白色怪物莫洛克人。这时我想到了横亘在这两个人种之间的巨大的恐惧，第一次明白了我见到的肉可能是什么，禁不住激灵灵打了个寒战。要是那样的话，就简直太可怕了！我望着熟睡在身侧的小薇娜，星空下她白皙的面容像星星一样熠熠发光，我立即自心中摒除了这个想法。

长夜漫漫，我尽量不去想莫洛克人。我设法从这个令人困惑的新天穹中，找寻那些熟悉的星座的标志，并以此来消磨时

---

① 天狼星是夜空中最亮的恒星，其视星等为 −1.47，约为第二亮恒星老人星的两倍。

光。夜空还是那样晴朗，偶尔有一两丝霾云。无疑我也打了几次瞌睡。就在我继续守夜时，东方微微亮了起来，像是无色火焰的反光。下弦月升起来了，尖尖的月牙又弯又细，颜色苍白。紧接着晨曦喷薄而出，赶上月亮并盖过了月亮的光彩。它起初是白色，后来又变成了暖洋洋的粉红色。没有莫洛克人靠近我们，其实那天夜里，我在山上连个莫洛克人影也没见到。我对新的一天充满了信心，几乎以为自己的恐惧毫无道理可言。我站起身，发现鞋跟松掉的那只脚的踝关节肿了起来，脚后跟很痛，于是我又坐下来，脱下鞋子扔掉了。

我叫醒薇娜，我们一起下山走进了那座树林。这时的树林不再是黑乎乎的叫人望而却步，而是绿意盎然、清新宜人的。我们找了些水果用来当早饭，不久又遇上了那些精致的小家伙。他们在阳光下笑着跳着，好像世界上完全没有黑夜这回事。接着我又想到我看到过的肉，这下我能百分百地确定那是什么了。我的心中，深深地怜悯着伟大的人类血统剩下的这最后一支弱小的余脉。很显然，早在人类走向衰落的过程中，莫洛克人的食物就时有匮乏。他们也许是靠吃老鼠或诸如此类的小动物为生。即使在现在，人类对食物远不及祖先那样考究和挑剔——远没有猴子挑食，对人肉所持的偏见也不是什么根深蒂固的本能。于是，看看人类这些没有人性的子孙后代吧！——我试图用科学的态度来看待此事。毕竟，他们比起三四千年前的我们那些曾食人的祖先来，只是更没有人性，行事更为过火罢了。而且这些未来的人类早已良知泯灭，不再觉得吃人会令人良心不安了。我为何还要自寻烦恼呢？这些埃洛伊人只不过是肥美的牲口。就是蚂蚁一样的莫洛克人养来食用的——可能是专门精心饲养的。薇娜此刻却在我身旁欢蹦乱跳！

这时，一阵恐慌油然而生。为了摆脱这种感觉，我把吃人的事看作是对人类自私行为的一种严惩。人类依靠同胞的艰辛劳动心满意足地生活在安逸和快乐之中，把“需要”作为口号和借口。时机成熟的时候，这“需要”的报应就来了。我甚至想对这种可怜的没落贵族表示卡莱尔[①]式的蔑视。但我内心深处却无法接受这种做法。无论他们的智力退化得多么厉害，埃洛伊人保留了许多人类的特征，不能不引起我的同情，并且我必然会去分担他们的退化和恐惧。

那时，我对自己该走哪条路没什么明确的主意。首先，我要寻找一个安全的栖身之处，用我所能找到的金属或者石头制成武器武装自己，这是当务之急。其次，我希望能找到生火的工具，好让我手上有个火炬之类的武器，因为我知道，这是对付莫洛克人最有效的手段。最后，我还想发明一件工具，来打

① 托马斯·卡莱尔（1795—1881），苏格兰散文家和历史学家，文坛怪杰。

开那座白色的斯芬克斯像基座下的铜门，我想做一个攻城锤[①]。我有一种信念，如果我能手持火把，走进那些门，就能找到时间机器，然后逃走。我猜想，莫洛克人的力气，恐怕还没有大到可以把时间机器搬得很远的地步。我还决定把薇娜带回我们生活的时代。我在脑子里翻来覆去盘算着这些计划，继续朝我认为可以作为安全住所的那座建筑物走去。

① 又称“撞城锤”，一个由绳子、木头、金属块组成的简易而笨重的武器，旧时在战争中用于撞破城墙等。

第八章

中午时分，我们到达了青瓷宫殿。我发现宫殿里一片荒凉，颓垣断壁，几成废墟。只有窗户上还残留着参差不齐的碎玻璃。大片青色的墙皮从锈蚀的金属框架上脱落下来。宫殿高耸在芳草如茵的一块低地上。我走进宫殿前朝东北方向望了一眼，惊讶地发现那边有一个很大的河口，甚至可称为一座港湾，我断定那里肯定曾是旺兹沃思[①]和巴特西[②]的原址。于是我寻思了一下——尽管我根本没有细想下去——海里的生物可能经历过的或正在经历的变化。

我检查了一下，宫殿的建筑材料确实是陶瓷。我看到在宫殿的正面有一行题词，是用我不认识的文字写的。我曾愚蠢透

① 英国伦敦市区，位于泰晤士河南岸。
② 同上。

顶地想着，薇娜也许能帮我把意思翻译出来，但我发现她的脑袋里压根儿不曾有过文字的概念。她在我的想象里似乎总要比她实际的情况更富于人性，这或许是因为她的感情颇为人性化的缘故吧。

走进巨大的活动门——门是敞开着的，并且已经破烂不堪——我们发现，习惯上应是建筑物大厅的位置，却是一道长长的走廊。长廊两侧有许多窗户，光线从窗户照射进来。我一看就想到它是个博物馆。砖铺的地上积了厚厚的一层尘土，陈列着的大量各色物品也同样覆盖着灰蒙蒙的积尘。这时，我发现大厅中央立着奇怪的骷髅，这显然是一具大骨骼的下半身部分。我从它偏斜的脚掌认出这是一种已经绝迹的大懒兽①之类的动物，头盖骨和上半身的骨头就堆放在旁边厚厚的灰尘中。由于屋顶漏雨，有一处骨头已被风雨侵蚀。走廊深处，还有一具庞大的雷龙②骨架。我关于博物馆的假设得到了证实。再往边上走，我发现都是隔板成坡度倾斜的陈列架。拂去上面厚厚的灰尘，我发现是我们生活时代里司空见惯的玻璃柜。从其中一些藏品保存相当完好的情况判断，这些柜子肯定是密封着的。

无疑，我们是身处现代的南肯辛顿③的遗址！这里显然是古

① 贫齿目的哺乳动物，原产于美洲。早已灭绝。
② 爬行动物，是蜥脚下目恐龙的一个属。早已灭绝。
③ 伦敦南肯辛顿区，英国自然历史博物馆位于此地。该馆拥有古生物、动物、植物、矿物、人类和生态等方面的标本四千余万件。

生物部，肯定曾经陈列过许多宝贵的化石。虽然不可避免的腐蚀过程一度得以延迟，并因为细菌和真菌的灭绝而丧失了它百分之九十九的效力，然而这里的宝藏绝对又遭到了侵蚀，尽管过程极为缓慢。那些小人儿的踪迹随处可见，他们把罕见的化石砸成了碎片，或者用芦苇穿起来放到弦乐器上。有些玻璃柜被整个搬动过——据我判断是莫洛克人干的。这地方寂静无声，厚厚的灰尘湮没了我们的脚步声。薇娜一直拿着个海胆[①]，在玻璃柜的斜面上滚来滚去。见我东张西望，她立即走了过来，不声不响地抓住我的手，站在我身旁。

起初，我对知识时代的这个古迹感到非常吃惊。我压根儿没有想到，我会在这里发现这样一个地方。就连我念念不忘的时间机器也被暂时置之脑后。

从占地面积来看，青瓷宫殿远不只有这个古生物馆，也许还有历史陈列馆，甚至还可能有个图书馆！对于我来说，至少在我目前的处境下，这些比没落的古代地质学更能引起我的兴趣。我四处勘察，又发现了一条较短的走廊，它与第一条长廊横向交叉，看上去像是专门陈列矿物的。我看到一块硫黄，随即联想到了火药，但没有发现硝石，其实硝酸盐之类的东西都没发现。毫无疑问，它们早就潮解了。不过那块硫黄令我念

---

① 别名“刺锅子”“海刺猬”，体形呈圆球状。

念不忘，浮想联翩。至于陈列在这条走廊里的其他东西，尽管从整体而言，是我所见保存最完好的东西，但我对它们兴致索然，因为我不是什么矿物学专家。于是我沿着一条已成废墟的过道继续朝前走去，它与我所进入的第一个大厅平行。显然，这个部分是被用于陈列博物学相关的展品，不过，每件展品都因年代太过久远而面目全非，无法辨认了。原先的动物标本，曾经装满酒精的坛子里的干尸，已经死去的植物的深色遗骸，现在都成了皱巴巴的黑乎乎的残留物，这就是所有的一切！我对此感到遗憾，因为我本来非常乐于追溯人类的进化过程。人类正是通过一再进化征服了生气勃勃的大自然。接着，我们又走进一座规模更大的展厅，这里的光线昏暗，地板从我进来的一头开始缓缓向下倾斜。天花板上，每隔一段距离悬挂着一只白色球形灯——其中不少已经破裂——表明这地方原先是有人工照明的。在这里，我觉得简直如鱼得水，因为在我的两侧，耸立着许多庞大的机器。你们要知道，这些机器设备都已严重锈蚀，有不少已经垮塌，不过也有一些仍然相当完整。我对机械装置有种特别的嗜好，因此，我很想在这些机器中间多逗留一会儿，尤其是对我而言，大多数的机器用途成谜，我对此只有一些极为模糊的猜测，因而大有兴趣。我琢磨着如果我能解开它们的奥秘，说不定可以掌握对抗莫洛克人的力量。

突然，薇娜来到我身旁紧紧贴着我，把我吓了一跳。如果不是她，我想我本不会注意到这个展厅的地板是倾斜的[①]。进门的一头比地面高出许多，光线从几扇狭长的窗户里照射进来。沿着展厅朝前走，窗外的地面逐渐向这些窗户抬高，最后每扇窗户前都出现了一块低洼地，就像伦敦的房子，各家各户前都有一方“空地”，只有一束光线从顶端照进来。我慢慢地沿着展厅前行，为这些机器苦思冥想。由于太专注于此，没有留意到室内的光线正在变暗，直到薇娜显出越来越害怕的样子才引起我的注意。这时，我发现这个展厅的尽头黑幽幽的，什么也看不见。我犹豫了，朝四周看看，发现这里的灰尘不多，地面也不怎么平坦。在光线幽暗的深处，有许多窄小的脚印。看到这儿，我立即回想起莫洛克人的长相。我感到对这些机器进行学术研究完全是在浪费时间。我想起现在已近黄昏，我仍然赤手空拳，没有藏身之处，也没有生火的工具。这时，远处漆黑的长廊里传来了奇特的嗒嗒声，以及我在井下听到的那种古怪噪声。

我一把抓住薇娜的手，接着，灵机一动有了主意。我松开薇娜，转向一台机器，机器上伸出一根杠杆，像信号所里的横杆。我爬上机器，抓住这根杠杆，用尽全力往边上扳。突然间，孤零零留在过道中间里的薇娜啜泣起来。我对这根杠杆的

---

① 当然，也许地板不是倾斜的，而是博物馆修建于山坡上的缘故吧。——编者按

强度判断得很准，用力适度，不一会儿杠杆就啪的一声断了。我手握铁棒回到薇娜身旁，我断定，用它来对付莫洛克人绰绰有余，无论遇上谁，都足以让他脑袋开花。我真想干掉几个莫洛克人，你们也许会觉得我很没有人性，居然想杀自己的后裔！不过，处在这种情况下，是无法考虑人道不人道的。只是我不愿丢下薇娜不管，并且相信如果我去满足自己杀戮的欲望，时间机器可能就会遭殃，因此便制止了自己心中的这种冲动，没有沿长廊过去杀那些畜生。

于是，我一手握着铁棒一手搂着薇娜，走出了这个展厅，来到另一个更宽敞的展厅。我一看到这个地方就想起了挂满破旧旗帜的军用礼拜堂。两旁悬挂着烧焦的褐色破烂，我当即认出来那是书籍残存的书页。它们早就散落成碎片，所有的印刷符号都看不见了。但到处都是翘起的木板和裂开的金属夹子，这已完全说明了问题。如果我是个文人的话，我也许会对此说教，一切野心都是徒劳无功的。但事实上，让我感触最深的是这些腐朽的故纸堆证明，人类巨大的劳动价值已全被浪费了。我承认，我那时主要想到的是英国皇家学会《哲学学报》[1]和我自己的十七篇论述物理光学的论文。

接着，我们走上宽阔的楼梯，来到了可能曾经是应用化学馆的地方。我十分希望在这里找到一些有用的东西。这个陈列馆

① 英国皇家学会在1665年创办了世界上首份（仍然在版）的同行评审科学期刊《哲学学报》，又名《皇家学会哲学学报》。

除了一头的屋顶坍塌了以外，基本保存完好。我急切地向尚未破损的柜子走去，最终在一只全然密封的柜子里找到了一盒火柴。我急不可待地试了一下，火柴保存得很好，火药一点儿也没有回潮。我转向薇娜：“我们跳舞吧。”我用她的语言大声对她说。因为我找到了对付那些可怕的畜生的真正武器。于是，令薇娜欣喜万分的是，在那废弃的博物馆里，在那又厚又软的尘土上，我高高兴兴地吹着《天国》的调子，一本正经地表演了一段混合舞。其中部分是无伤大雅的康康舞①，部分是踢踏舞②，部分是长裙舞（在我燕尾服③允许的范围内），还有部分是我自己原创的舞蹈。我这人天生富有创造力，这一点你们是知道的。

我现在仍然认为，这盒火柴能够逃过无数岁月的摧残实在是个奇迹，对我而言也是一件十分幸运的事。可稀奇的是，我还发现了一样根本意想不到的东西，那就是樟脑。我是在一个密封的广口瓶里发现它的，我猜想，这瓶子也是偶然被密封得严严实实的。我起初认为那是固体石蜡，因此砸碎了玻璃。但是飘出来的气味明显是樟脑的味道。在所有东西都在腐烂的时候，这种易挥发的物质碰巧幸存了下来，也许经历了千万个世

① 指19世纪末在法国流行的一种舞蹈，跳舞时提着裙摆的两手不断左右挥动并向前高高踢直腿。

② 现代舞蹈风格的一种，表演者穿着特制的踢踏舞鞋，用脚的各个部位，在地板上摩擦拍击，发出各种踢踏声。

③ 男士在正规的特定场合穿着的礼服。西装领造型，前身短、后衣片长垂至膝部，后中缝开衩一直开到腰围线处，形成两片燕尾。

纪。它使我想起我曾见过的一幅乌贼墨画，画墨是用一种叫箭石[1]的古生物化石制成的，这种生物一定是在几百万年前就死亡并成为化石了。我正想把樟脑扔掉，可又想起它是易燃物，燃烧时火光明亮——实在是很好的蜡烛——于是我将它装进了口袋。不过，我没有找到炸药，也没有发现任何可以打开铜门的工具。可我偶然发现的这根铁棒是非常有用的东西，我还是得意扬扬地离开了那间陈列馆。

我没法一五一十地告诉你们，在那个漫长的下午所发生的一切。要从头至尾地按序回溯我的探险，需要极强的记忆力。我记得有一个展厅里陈列着锈迹斑斑的武器。我站在武器前犹豫不决，不知该拿铁棒还是短柄小斧或是拿剑，但我又不能把它们都带上，何况我的铁棒有望成为打开铜门的最佳工具。长廊里有许多枪械，有手枪也有步枪。大多数枪已成一堆生了锈的废铁，但还有不少枪是用某种新式金属做的，依然相当完好。不过所有原先摆在那里的子弹或火药都已经化作了尘埃。我看到长廊一角已被烧焦并且已经破损，心想这也许是由弹药爆炸造成的。另一个地方陈列着许多人物雕像——波利尼西亚人、墨西哥人、希腊人、腓尼基人，我想世界各个国家的人物雕像都有。我按捺不住内心的冲动，把自己的名字写到了一个

① 古无脊椎动物。是一种已经灭绝的头足纲生物，与现代的乌贼关系密切，也拥有墨汁。

蜡石鬼的鼻子上，我特别喜爱这个南美的怪兽。

夜晚来临了，我也渐渐失去了兴趣。我穿过一个个展厅，展厅里灰尘满地，阒寂无声，多处破败不堪。陈列品有的被严重锈蚀，有的已经变成褐煤，那些形成煤的时间不长的，倒还面目可辨。走着走着，我突然发现自己就在一个锡矿模型旁边，纯粹出于偶然，我在一个密封的柜子里发现了两桶甘油炸药！我大叫一声“尤里卡”[①]，兴奋地打碎了柜子。接着，我又对它的有效性产生了疑问，犹豫了一下。我随即选定了旁边的一条小走廊进行试爆。五分钟，十分钟，十五分钟过去了，没有爆炸，我从没有像这么失望过。这东西无疑是摆设，我本应从它的外表猜到这点。不然的话，我想我早就无法控制地冲出去，把斯芬克斯塑像、铜门以及（事实证明如此）我找到时间机器的机会一同炸得荡然无存。

我想就在这之后，我们来到了宫殿内一个露天的小院子里。院子里绿草如茵，还栽了三棵果树。于是我们歇下来恢复一下精神。太阳西下的时候，我又开始考虑我俩的处境。夜晚悄悄来临，我仍然没有找到壁垒森严的藏身之地。但我现在不再为此事烦心了。我拥有了恐怕是抵御莫洛克人的最佳工具——我有火柴！如果要让火焰更明亮的话，我口袋里还装有

① 原是古希腊语，意为“我找到了”，阿基米德发现浮力原理时曾发出这个呼声。

樟脑备用。看起来我们最好是生一堆火，在露天过夜。等到天亮后我就要去重新取回我的时间机器了，不过到目前为止，我手头仅有一根铁棒。但是现在，随着我对这个未来世界认识的不断增长，我对那些铜门的感受和以前大相径庭了。我至今都忍着没有强行开门，主要是因为门后面仍是未解之谜。铜门从未给我留下牢不可破的印象，但愿到时我的铁棒足以胜任开门的工作。

第九章

我们走出青瓷宫殿时，太阳还没有从地平线上完全消失。我决心第二天一早到达白色斯芬克斯像那里，因此我打算傍晚前就穿过来时路上令我滞留的那片树林。我计划当晚尽量多赶些路，然后生堆火，在火光的保护下入睡。于是，我们赶路时，见到枯枝干草就采拾起来。不一会儿，我手上就抱了一大捆柴火。由于负重前行，我们赶路的速度比预计的要慢，而薇娜也走累了。我也开始困得想睡觉。因此，在我们赶到树林前天就完全黑了。走到树林边灌木丛生的小山上时，薇娜害怕面前的黑暗，想驻足停留。但当时我有种大祸临头的感觉，驱使我继续向前。这种感觉本应让我提高警惕的，但我已经两天一夜没合过眼了，只觉得头昏脑涨，急躁不安。睡意一阵阵袭来，脑子里还尽想着莫洛克人。

正踌躇不决时，我看到身后漆黑的灌木丛里，隐隐约约有三个蹲伏着的黑影。我们身旁全是矮树丛和高高的野草，他们潜伏在侧，伺机而动，令我感到很不安全。我估计从树林这一边到另一边不足一英里。如果我们能穿过树林，就能到达光秃秃的山坡，那里看起来是比较安全的休息之地。我想，我用火柴和樟脑，可以设法照亮穿过树林的道路。可是很明显，如果我要用双手不停地挥动火柴，就只好放弃手里抱着的柴火。因此，我颇不情愿地放下了柴火。这时，我突然想到，点燃柴火可以吓唬我们背后的那几个朋友。后来我发现这个做法既恶毒又愚蠢，但当时还以为这是掩护我们撤退的锦囊妙计呢。

不知你们是否想过，在气候温和的地方，如果没有人类，火焰会是多么罕见的东西啊。太阳的热度很少能强烈到燃烧的程度，即使有露珠聚焦阳光，也不会像热带地区那样着起火来。闪电可能把东西劈成焦炭，却很少能引起燎原之火。腐烂的植物偶尔会因为发酵热而自燃起来，却难得能引起熊熊烈火。在这个退化的时代，地球人已经遗忘了生火的技巧。红红的火舌舔着我那堆柴火，这对于薇娜是全然新奇的事情。

她想跑过去玩火。我想要不是我及时制止，她会直冲到火里去的。但我抓住她，不顾她的挣扎，大胆地朝眼前的树林走去。火光照亮了一小段路。不久，我回头望去，透过林立的树干，我看见火焰从柴堆上蔓延到了邻近的灌木丛，一条火龙正在山上的草丛间蜿蜒蛇行。我对此哈哈大笑，接着又转身朝前面黑压压的树林里走去。里面一片漆黑，薇娜全身颤抖地紧贴着我。可当我的双眼适应了黑暗后，我仍可以借助微弱的亮光避开树干。头顶上也是漆黑一团，除了树枝的缝隙间不时显现一线遥远的蓝天。我左手抱着我的小薇娜，右手握着铁棒。因为腾不出手，路上我一根火柴也没点。

一段路走下来，我什么动静也没听到，只听到脚下树枝断裂发出的噼啪声，头上微风微弱的飒飒声，自己的呼吸声和脉搏的跳动声。接着，好像听到四周有嗒嗒的响声。我横下心来，继续向前走去，嗒嗒声越来越清晰，接着我听到了我曾在地下世界听到过的那种古怪声响。显然附近有几个莫洛克人，并且正在向我逼近。果然，没过多久我感到有东西使劲拉了下我的外套，还有什么东西触到了我的手臂。薇娜颤抖得厉害，变得十分安静。

是划火柴的时候了。但要掏火柴我就必须把薇娜放下来。我放下她，在口袋里摸索火柴。就在这时，黑暗中，一场搏斗在我的脚边开始了。薇娜那边没有传来一丝声响，莫洛克人却发出那种奇怪的咕咕声。柔软的小手在我的外套和后背上偷偷摸索，甚至摸到我的脖子上。这时我划着了火柴，发出哧哧的声响。我举起点亮的火柴，看见了莫洛克人在树林中匆忙逃窜的白色背影。我慌忙从口袋里掏出一块樟脑，准备在火柴熄灭前把它点燃。接着我看了看薇娜，她脸朝下地伏在地上，紧紧抓住我的脚，一动也不动。我猛然一惊，俯身看她，她好像已经停止了呼吸。我点燃那块樟脑，把它扔到地上。火噼噼啪啪地越烧越旺，驱散了莫洛克人和所有的黑影，我屈膝跪下，抱起薇娜。身后的树林里似乎骚动不安，充满了喃喃低语的声浪！

她似乎已经昏了过去。我小心翼翼地把她扛在肩上，起身继续前进。这时，我意识到一个可怕的事实，在掏火柴点火以及把薇娜抱上抱下的时候，我转身了好几次，现在我已经迷失了方向，搞不清该往哪儿走了。从已知的情况判断，我大概又转过身面朝着青瓷宫殿的方向了。我吓出了一身冷汗。我必须赶紧考虑下一步该怎么办。我决定生起火来，就地宿营。我把依旧一动不动的薇娜放下来，让她躺在泥草地上。第一块樟脑快烧完了，我开始收集枯枝落叶。在四周的黑暗中，莫洛克人的眼睛像红宝石般灼灼发亮。

樟脑的火光闪了几下熄灭了。我划着一根火柴，两个正在靠近薇娜的白色身影仓促逃跑。其中一个被火光照得睁不开眼睛，竟冲我直奔过来。我狠狠地给了他一拳，感觉打断了他的骨头。他惊慌地大叫一声，趔趄了几步就倒下了。我又点燃一块樟脑，继续收集柴火。这时我注意到头顶上有些树叶非常干燥，因为自从我坐时间机器抵达此地，大约一个星期吧，没有下过雨。于是，我不再去树丛中搜寻掉下来的枯枝，而是跳起来向下拽那些树枝。不一会儿，我就用潮木头和干树枝燃起了一堆呛人的烟熏火，这就能节约我的樟脑了。接着，我转身看了看躺在铁棒边上的薇娜。我用尽方法想把她弄醒，可她躺在那里像个死人，我甚至搞不清楚她是否仍有呼吸。

火堆上的烟直往我这边吹，一下子呛得我昏昏沉沉。此外，空气中还弥漫着一股樟脑味。火堆大约一个钟头不需添加燃料。经过一整天的劳碌奔波，我感到疲惫不堪，于是坐了下来。树林里还是充满了我听不懂的那种低语声，令人昏昏欲睡。我好像刚要打盹儿就把眼睛睁开了，可四周已是一片漆黑。莫洛克人的手摸到了我的身上，我甩开他们抓着我的手指，慌忙到口袋里去摸火柴盒，糟了——火柴盒不见了！这时他们抓住我，又把我团团围住。我立刻意识到刚才发生了什么。我睡着了，然后火灭了，然后死亡的痛苦向我袭来。树林里似乎弥漫着木头燃烧的气味。他们抓我的脖子、扯我的头发、逮住我的双臂，随后又把我拖倒在地。黑暗中，我感到这些软绵绵的东西都压到了我的身上，我害怕极了，感到自己好像被困在了一个巨大的蜘蛛网里。我支撑不住了，垮了下来。我感到有小牙齿在啮咬着我的脖子。我在地上翻了个身，我的手碰到了我那根铁棒，它给了我力量。我挣扎着站起身来，挣脱那些像老鼠一样纠缠在我身上的莫洛克人，猛地举起铁棒，朝我估计是他们的脸所在的地方横扫过去。我感到他们在铁棒的挥打下血肉横飞、骨断筋折。我一下子摆脱了他们，重新获得了自由。

我心头忽然掠过一阵奇特的欢欣，那是一种经历了艰苦斗争之后才会有的感受。我知道我和薇娜都逃不出去了，但我决心要让莫洛克人为他们所吃的肉付出应有的代价。我背靠一棵树站着，在面前挥舞着铁棒。树林里一片骚乱，充满了他们的叫喊声。一分钟过去了，他们的声音似乎由于激动而升高了音调，他们的行动也越来越快。可是他们谁也没有进入我的铁棒够得着的范围之内。我站在那里，愤怒地注视着眼前的黑暗。这时我突然恢复了一线希望。要是莫洛克人害怕了又会怎么样呢？紧接着发生了一桩怪事。黑暗中好像出现了光亮，我依稀看到了周围的莫洛克人——有三个受了伤，躺在我脚边——接着我惊讶地发现其他的莫洛克人都在跑，好似滚滚长流，从我身后向面前的树林深处插了过去。他们的背影好像不再是白色的，而是变成了淡红色。我目瞪口呆地站在那儿时，看见在树杈间透出的一线星光中，飘过一点红红的小火星，又消失了。我这才明白了为什么有木头燃烧发出的气味，明白了为什么令人昏昏欲睡的低语正在变为阵阵咆哮，明白了为什么有红红的火星，也明白了莫洛克人为什么落荒而逃。

我从树的后面走了出来，回头望去，透过附近黑乎乎的树干间看到整个树林在燃烧。原来是我起先点的那堆火在朝我这个方向蔓延过来。我借着火光寻找薇娜，可是她不见了。身后传来了哧哧声、噼啪声以及每棵着火的树爆裂时的轰响，容不得我多想了。我依然紧握铁棒，顺着莫洛克人的路线追去。这是一场争分夺秒的赛跑。在我跑的时候，火焰一度飞速向我右侧蔓延，从侧面包围了我，我只得赶紧让到左边。但我最终跑到了一小块空地上。这时一个莫洛克人跌跌撞撞地冲向我，从我身旁经过，一直冲进了火海!

我想，接下去我所看到的，是我在未来时代里见到的最离奇最可怕的事。整片空旷地被火光照耀着，明亮得如同白昼。空地中央是一个小丘或者是一座坟冢，顶上有一棵山楂树，已经被烧焦了。空地之外是树林的另一侧，烈火熊熊，黄色的火舌翻滚着，形成了一道火墙，把整个空地完全围了起来。山坡上有三四十个莫洛克人，被火光和热浪弄得头晕目眩，磕磕绊绊地到处乱撞，慌作一团。起初我并没有意识到他们在亮光下什么也看不见，只要他们靠近我就惊恐不已，拿着铁棒，向他们猛打猛敲，打死一个，打伤了几个。但是，在火光映红的天空下，当我看到一个莫洛克人在山楂树下胡乱摸索的姿势，当我听到了他们的呻吟声，我这才断定他们在炫目的光亮下肯定无可奈何，痛苦不堪，于是我不再打他们了。

但不时还有个把莫洛克人径直向我冲来，看到他们脸上令人战栗的神情，我避之不及。火势曾一度减弱。我害怕这些可恶的东西会马上发现我，考虑着在他们发现我之前先下手为强，打死几个莫洛克人。可是火又旺了起来，我就住手了。我绕开他们走来走去，漫山遍野寻找薇娜的踪影，但是一无所获。

最后我在小丘顶上坐下来，注视着这群奇怪又让人难以相信的人，在火光下来回摸索，彼此发出奇怪的噪声。烟雾缭绕，在空中飘摇。红色的苍穹上偶有罅隙，闪烁着点点星光，遥远得仿佛属于另一个宇宙。两三个莫洛克人慌慌张张地撞到我身上，我挥拳驱散了他们，打的时候我自己也在发抖。

大半个晚上，我都试图说服自己这是一场噩梦。我咬自己，还放声尖叫，想从梦中醒来。我用手捶地，起身又坐下，四处徘徊，随后又坐了下来。然后我倒下，用手揉我的双眼，向上帝祈求让我从这噩梦中醒过来。我三次看见莫洛克人痛苦地低下头冲进了火海。但是，在渐渐熄灭的红色火焰的上空，在飘摇的滚滚黑烟和部分被烧得焦黑的树桩的上空，在越来越少的莫洛克人的头顶上，终于出现了黎明的第一道曙光。

我再次寻找薇娜的踪影，但是依然芳踪渺渺。很明显，他们把她可怜的小尸骸丢在了森林里。当我想到她逃脱了似乎是命中注定的被人吃掉的厄运时，我无法描述我感到多么欣慰。不过每当想到这儿，我就几乎忍不住想把我身边的这些束手待毙的坏东西斩尽杀绝，可我还是极力克制住了自己。我说过，在丛林中，那个小丘像是汪洋大海里的一处孤岛。站在小丘顶上，透过烟雾，我现在可以辨认出青瓷宫殿了，从那里我就能找到通往白色斯芬克斯雕像的方向。于是，当天色渐渐亮起来的时候，我丢下这些残存下来的该死的鬼魂上路了。他们仍然在来回奔走，呻吟悲叹。我在脚上绑了些草，一瘸一拐地穿过还在冒烟的灰烬和里边还蹿着火焰的黑色树干，向藏着时间机器的地方走去。我走得很慢，因为我已经精疲力竭，而且脚也瘸了。我为小薇娜的惨死感到强烈的悲伤，这好像是一场巨大的灾难。现在坐在这间熟悉的老屋里，它倒更像是梦中的悲痛，而不像是真的实际损失。但是那天早上，它再度使我感到极度孤独——孤独得可怕。我开始思念我这间房子，这壁炉，思念你们几个人，伴随这思念之情而来的是一种痛苦的渴望。

可是，当我在阳光明媚的早晨走过余烟袅袅的灰烬时，我发现我的裤兜里还有几根零散的火柴。火柴盒肯定在丢失之前就已经漏了。

第十章

早晨八九点钟的时候，我来到那张黄色金属做的椅子旁。在我刚到的那天晚上，曾坐在上面眺望这个世界。我想起那天晚上自己做出的草率论断，不禁对自己的自以为是苦笑一番。这里的景色还是那般美丽，绿荫茂密郁郁葱葱，宫殿壮丽辉煌，废墟宏伟壮观。银色的河流在肥沃的两岸间奔流不息。那些美丽的小人身穿色彩鲜艳的长袍，在树林里到处走动。有的正在我救起薇娜的那个地方沐浴，这使我突然感到一阵剧烈的心痛。通往地下世界的深井上盖着一个个小亭子，看上去就像这幅风景画上的斑斑污渍。我现在明白了这些地上世界的居民表面的美丽所掩盖的一切。他们白天里非常快活，像田野里的牲口一样。他们也同牲口一样，不知道有敌人，并且没有任何防范措施，他们的结局也跟这些牲口是一样的。

我伤心地想到人类的智慧之梦是多么短促。这梦自己走到了尽头。它不停地追求舒适和安逸，追求一个以安全与永恒为口号的均衡的社会，它达成了它的希望——终于实现了这个目标。生命和财产曾一度处于几乎绝对的安全之中，富人的财富和舒适得到了保障，劳动者的生活和工作也得到了保障。毫无疑问，在那个完美的世界里，没有失业问题，没有未解决的社会问题。于是太平盛世来临了。

我们忽视了一条自然法则，即多方面的才智，是应付变化、危险和麻烦之后而得来的补偿。动物如果能与所处环境完全和谐共处的话，就会形成一套完善的机制。大自然只在习惯和本能变得无用的时候才垂青于智慧。没有变革和不需要变革存在的地方就不会有智慧，只有那些历尽千难万险的动物才能拥有智慧。

因此，就像我所看到的，地上世界的居民慢慢变得纤弱秀美，而地下世界则趋向纯粹的机械工业。但是，即使对于完美的机械来说，这种完美的状态也缺少一样东西——绝对的永恒。显而易见，随着时间的推移，地下居民的饮食问题，无论其结果如何，早已脱离了常轨。被延迟了数千年之久的“需求之母”又回来啦，它首先来到地下。地下居民整天和机器打交道，无论这些机器有多么完美，它们仍旧需要地下人除了保持习惯外再稍微动点脑筋，这就很可能促使他们保留了更多的主动性，如果他们的其余人类品质都不如地上世界的居民的话。

当他们没有别的肉可吃时，他们便转向了过去的老习惯一直禁止的东西。所以我说我在公元802701年的世界里看到了这一情景。这种解释或许错漏百出，正如大家都可能设想到的一样。这就是我所看到的事物的本来面目，我如实告诉了你们。

经历了过去这几天的劳累、激动和惊吓，我悲痛万分，但这张椅子、这宁静的风景和温暖的阳光都是极为惬意的。我疲倦不堪，昏昏欲睡，思索了不久就打起瞌睡来。发现自己快要进入梦乡，我便顺其自然，索性伸展四肢躺在草坪上，痛痛快快地睡了一大觉。

太阳快要下山时我醒了过来。我现在再也不用怕打盹儿时被莫洛克人捉住了。我伸了个懒腰，下山朝白色斯芬克斯像走去。我一只手握着铁棒，另一只手在裤袋里玩着火柴。

这时，一件根本意想不到的事情发生了。我走近斯芬克斯像的基座时，发现铜门大大敞开，门全都滑进了门槽里。

见此情景，我走到门前又突然停住脚步，犹豫着要不要进去。

里面是一套小房间，时间机器就摆在一个角落的凸起之处。我口袋里装着小操纵杆。结果，在我做好了攻打白色斯芬克斯像的所有准备之后，这边却乖乖地投降了。我扔下手中的铁棒，有点遗憾没把它派上用场。

当我弯下腰准备进门时，头脑里突然闪现一个想法，觉得至少在这次我把握住了莫洛克人的心理。我抑制住想要放声大笑的强烈冲动，跨进门框，走到时间机器前。我吃惊地发现机器被小心地上过油，还擦得干干净净。我甚至怀疑莫洛克人曾把部分装置拆开过，设法弄清机器的用途。

我站在那里端详着这台机器，连用手摸摸心里都是乐滋滋的。可就在这时，我预料中的事情发生了。铜门突然顺着门槽滑出，砰的一声跟门框合在了一起。我站在黑暗中——陷入了圈套。莫洛克人是这样想的。对此我暗暗发笑。

我已经能听到他们朝我走来时发出的轻笑。我镇定自若，准备划燃火柴。我只要装好操纵杆就可以神不知鬼不觉地离去。可我忽视了一件小事，我的火柴是那种只能在火柴盒上划亮的可恶货色。

你们也许可以想象到，我的镇静一下子就烟消云散了。那些小畜生已靠近我，其中一个碰到了我。黑暗中，我用操纵杆朝他们扫去，同时迅速爬上时间机器的驾驶座。这时一只手摸到我身上，紧接着又是一只手。不过我只要打开他们不断抓过来的手指，不让他们抢走操纵杆，同时摸索着寻找螺栓，把操纵杆装上去就行了。的确有一根操纵杆差点让他们抢走。当它从我手里滑脱的时候，我只得用自己的头在黑暗中去撞他们——我能听见莫洛克人的颅骨被撞得咔咔作响——以夺回操纵杆。我想，这最后一次争夺战真是短兵相接，比树林里的那一战更加激烈。

我终于把操纵杆安装完毕，并且拉动了。那些抓着我的手纷纷从我身上滑脱。黑暗立即消失在我眼前，我发现自己又置身于先前描述过的那种灰光和喧嚣之中了。

第十一章

我已经对你们讲过，随着时间旅行而产生的恶心和混乱的情形。这次我在驾驶座上姿势没坐对，身子歪着而且没坐稳。有一阵子，时间机器摇摇晃晃，剧烈颠簸。我紧紧抓住机器，压根儿没留意自己去往何处。当我凝神再看标度盘，发现我所到达的地方时，不由大吃一惊。一个标度盘显示单日，一个显示千日，一个显示百万日，还有一个显示十亿日。这下我没有挂倒挡，而是推动操纵杆向前飞进。当我注意这些指示器时，我发现千日标度盘的指针像手表的秒针一样飞快旋转——进入了未来。

我继续驾着机器前进，周围的一切渐渐有所改观，发生奇异的变化。急速跳动的灰色变得更加黑暗，接着——尽管我仍在以惊人的速度高速行驶——连续的昼夜更替又出现了，这通常表明速度较慢，而且越来越明显。起初我真给弄糊涂了。昼夜的交替越来越慢，太阳通过天空也越来越慢，最后，它们好似要等上几个世纪的时间。终于，暮霭沉沉，笼罩着大地，只有一颗彗星不时划破黑暗的苍穹，带来一线光明。太阳在空中划出的灿烂光带早已不复存在，因为太阳已停止落下——它只在西方沉浮，而且越来越大，越来越红。月亮已踪影难觅。星星的旋转也越发缓慢，最终变成慢悠悠潜行的光点。终于，在我停下来之前不久，殷红巨大的太阳在地平线上静止不动了，像散发着闷热的一个巨大穹隆，而且时隐时现。它一度暂时明亮起来，但又迅速恢复了沉闷的炽热状态。我通过太阳升起落下速度的减慢，发觉潮汐的引力发挥了作用。地球停止移动时只有一面朝向太阳，就像我们自己生活的时代里月亮只有一面朝向地球。因为上一次倒栽葱式的降落还历历在目，我小心翼翼地掉转行驶方向。指针旋转得越来越慢，千日针似乎静止不动了，单日针的刻度也不再是一片模糊。指针继续放慢速度，荒凉海滩的朦胧轮廓渐渐变得清晰起来。

我缓缓地停下时间机器，坐在上面四处眺望。天空褪尽了蓝色，东北方向墨黑一片，苍白的星星在黑暗中明亮而稳定地闪耀着。头顶上是一片深印度红，没有星星的踪影。东南方向渐渐发亮，成了一片耀眼的猩红色，太阳庞大的身躯横卧在地平线上，红彤彤的，一动也不动。我周围的岩石都呈现出淡红色，甚是刺眼。我最初能够看到的全部生命迹象只有翠绿的植物，它们覆盖了东南面的每一个凸现的地方。颜色跟人们在森林里的青苔或岩洞里的地衣上看到的那种浓绿差不多，这类植物总是生长在阳光不足的阴暗处。

时间机器就停在一片倾斜的海滩上。大海向西南方向延伸开去，直到清晰明亮的地平线与暗淡的天空彼此交会之处。没有碎浪，也没有波涛，因为连一丝风也没有。只有像呼吸般轻柔的细浪微微起伏，显示这永恒的大海仍然运动着、活着。岸边凝结了一层厚厚的盐霜，有时被海水冲刷开来——在苍白的天空下呈现出粉红色。我感到头晕，还注意到自己呼吸非常急促。这种感觉使我回想起唯一一次爬山的经历，由此可以断定空气一定比我们生活的时代要稀薄得多。

远处荒凉的斜坡上传来一声刺耳的尖叫，我看到像是一只巨大的白蝴蝶似的东西，斜斜地掠上天空，又盘旋着消失在下方的小山丘那边了。它凄凉的叫声使我打了个寒战，我在机器上坐得更稳了。再一次举目四望，看到不远处我原以为是一块红岩石的东西正在向我缓缓移动。这时我看清这东西其实是个巨蟹之类的怪兽——你们能想象出和那张桌面一样大的巨蟹吗？它长着许多条腿，缓慢地爬行着，脚步不稳，大大的蟹钳也摇晃着，长长的触须像赶车人的鞭子一样，晃晃悠悠地探着路，凸出的双眼在金属似的面孔两侧向你闪烁着。它的背上褶皱重重，上面长着难看的节疤，布满了绿色的瘢痕。我可以看到，它爬行时，从结构复杂的嘴里伸出了许多触须，在摇曳着探索着。

我注视着正在朝我爬来的这个凶神恶煞的怪物，感到脸上有点痒，像苍蝇落在脸上一样。我用手把它拂去，可它马上又回来了，几乎与此同时我的耳边也有东西伸了上来。我挥手打去，捉住了某种线似的东西，它正迅速从我手里抽出去。我感到一阵惊恐不安，转过身来，看到我抓住了正爬在我身后的另一只巨蟹的触须。它邪恶的眼睛滴溜溜地转着，嘴巴馋涎欲滴，难看的大钳被黏糊糊的海藻弄得脏兮兮的，正朝我落下来。我立即抓住操纵杆启动机器，把我自己同这些怪物的距离拉开了一个月。不过我仍然在同一个海滩上，并且一停下来就清楚地看到了它们。昏暗的天色下，好像有几十只巨蟹在翠绿的叶片中爬来爬去。

我无法向你们描述笼罩着世界的那种糟糕的荒凉感。东方红色的天空，北方的漆黑，咸的死海，这些肮脏的怪物缓缓地在多石的海滩上爬动，地衣植物清一色的全是令人难受的绿色，稀薄的空气伤人肺腑：所有这一切促成了这种令人震惊的效果。我又向前开了一百年，太阳依然殷红——只是大了点暗了点——还是那片奄奄一息的大海，还是那种砭人肌骨的空气，还是那群陆地甲壳纲动物在绿草和红岩中爬进爬出。而在西边的天空中，我看到一弯灰白的弧线，像一轮巨大的新月。

于是，我继续旅行。被地球命运的神秘莫测所吸引，每隔一千多年光景我就不时停下，怀着一腔奇特的迷恋之情眺望西天的太阳，看着它越变越大，越变越暗，望着古老的地球上的生命渐渐衰退。终于，在三千多万年以后，太阳炽热的巨大穹隆，把阴沉的天空遮住了将近十分之一。接着，我又一次停下了时间机器，因为爬行的巨蟹群消失了，除了乌青色的地线和地衣以外，红色的海滩上好像已没有生命的迹象。现在，海滩上出现了斑驳的白色。奇寒彻骨，稀疏的雪花不时飞旋飘舞着落下。东北方黑暗的天空下，星光映着雪光，我可以看到白里透红的峰峦绵延起伏。海岸边结着冰，海面上漂浮着大量冰块，但是浩瀚的咸海的主海面仍然没有结冰，在永恒的夕阳照耀下显得一片血红。

我朝四周张望，想看看是否还留有动物生命的痕迹。一种莫名的恐惧使我始终没有离开时间机器的驾驶座。但是，地上、空中、海里我都没看见有什么东西在活动。只有岩石上的绿色黏液表明生命还没有灭绝。海里出现了一道浅浅的沙洲，海水从海滩上退了下去。我仿佛看到某个黑色的东西在沙洲上笨拙地移动，可当我定睛注视时，它又静止不动了。我断定我是看花了眼，那黑色的东西只不过是一块岩石。天上的星星明亮耀眼，可我觉得它们好像并没有闪烁。

突然间，我注意到太阳西侧的圆弧发生了变化，弧线上出现了一个凹面，我看到它越变越大。我目瞪口呆地望着天渐渐地黑了下来，或许望了一两分钟的光景，随后才意识到日食开始了。不是月亮就是水星，正从地球和太阳之间穿过。起初，我自然以为是月亮，但是，有许多迹象使我倾向于相信，所看到的实际是一颗内圈行星在离地球很近的地方经过。

天色很快暗了下来。起风了，冷风从东方送来阵阵寒意，白色的雪花纷纷扬扬地落了下来，越来越密。海边传来了阵阵潺潺声和沙沙声。除却这些没有生命的声音以外，万物一片岑寂。岑寂？要描述这种岑寂是不容易的。所有的人声、羊叫声、鸟鸣声、虫吟声，一切构成我们生活背景的喧嚣声——全都一去不复返了。天色越来越黑，飞旋的雪花也更密了，在我眼前飘舞，空气也越发寒冷了。终于，远处白色的山峰，一个紧挨着一个消失在黑暗之中。微风转成了号叫的凛凛寒风。我看见日食中心的黑影向我袭来。顷刻间，只能看到苍白的星星了，其他的一切都处在昏暗的朦胧中，天空完全漆黑一片。

面对茫茫的黑暗，我一阵心惊胆战。刺骨的寒冷和呼吸时感到的疼痛都使我支撑不住了。我浑身颤抖，恶心得要命。这时，太阳的边缘上又出现了一个炽热的圆弧。我走下机器，想恢复一下元气。我感到晕头晕脑，无法面对归程。我站在那儿，又恶心又觉得心烦意乱。这时候，我又看到了沙洲上的那东西在动——这下可以肯定它是会动的东西——后面是一片红色的海水。这是个圆溜溜的东西，大小可能和足球差不多，或许还要大一点儿，触须从身上拖了下来，在血红色的滚滚波涛的映衬下，这东西看上去似乎是黑色的，并且一阵阵地到处跳来跳去。接着，我感到自己简直要晕过去了。但是，一想到无依无靠地倒在这遥远而可怖的昏暗中，我就感到极其害怕。这种恐惧使我强打精神，爬上了时间机器的驾驶座。

第十二章

于是，我回来了。有很长一段时间，我应该是坐在机器上，失去了知觉。眨眼间，昼夜恢复了交替，太阳又成了金黄色，天空依然蔚蓝。我的呼吸舒畅多了。陆地的轮廓起伏不定，时隐时现。标度盘上的指针飞速回转。我终于又瞧见了房屋模糊的影子，人类没落时期的迹象。这些景色变幻着从我眼前消逝，新的景色又纷至沓来。不一会儿，百万日标度盘上的指针归于零位。我放慢速度，认出了我们生活的时代所熟悉的小巧建筑。千日指针回到了起点，昼夜的更替越来越慢。接着，我的周围出现了实验室里那熟悉的墙壁，于是我非常小心地缓缓停下了机器。

我目睹了一件奇怪的小事。我记得对你们讲过，我刚出发时，也就是在我加速前，瓦切特夫人正巧走过实验室，我觉得她的速度快得就像火箭。回来的时候，我又经过她穿过房间的那一时刻。可这时她的每个动作好像就是她上次动作的倒转。通往花园的门开了，她悄然无声地折回实验室里，背朝前面，消失在她上次进来的那扇门后面。在这之前，我似乎看到了希尔叶，但他一晃而过。

于是我停下时间机器，我又在身旁看到了原先熟悉的实验室、我的工具、我的各种设备，它们和我离开时没什么两样。我摇摇晃晃地跨下那玩意儿，坐到长凳上。有一阵子，我浑身哆嗦得很厉害，之后渐渐平静下来。我周围是原先的车间，它和以前一模一样。我可能在那里睡着了，整件事情简直就像一枕黄粱梦。

不，不完全如此！那玩意儿是从实验室的东南角出发的，它回来时却又停在了你们当初看到它时的那个西北方向的靠墙处。两地的间距，恰巧是我着陆的小草坪到莫洛克人摆弄我机器的白色斯芬克斯像基座之间的距离。

我的大脑暂时处于了宕机状态，一片空白。不久，我站起身，穿过过道来到这里。我是一瘸一拐走过来的，因为我的脚很痛，并且身上脏得要命。我看到了门边桌子上的那份《帕尔马尔报》，发现日期确实是今天，再看看钟，发现时间将近八点。我听到你们的声音和杯盘交错的声音。我踟蹰不前——感到非常恶心，虚弱极了。这时，我闻到了香喷喷的肉味儿，于是推开门，见到了你们。接下来的事情你们都知道了，我洗澡、吃饭，然后我就开始向你们讲述我的历险故事了。

“我知道，”他停顿片刻后说，“我讲的这一切，对于你们来说，绝对是天方夜谭。但对于我来说，唯一难以置信的事，就是我今晚能坐在这熟悉的老房子里，望着你们友好的面孔，对你们讲述这些奇遇。”

他看着医生：“不，我不指望你们相信我的话。就把它当作谎话或是预言，就说这是我在车间里的南柯一梦吧。就当我一直思索我们人类的命运，最终杜撰虚构了此事吧。把我对它真实性的断言仅仅当作引人入胜的一种艺术手法吧，把它当作一个故事，你们以为如何？”

他拿起烟斗，开始按老习惯，紧张地在炉栅的横栏上轻轻磕了磕。有一阵子，房间里鸦雀无声。接着椅子开始吱嘎作响，听众们的鞋子也在地毯上摩来擦去，发出嚓嚓之声。我把目光从时间旅行者的脸上收了回来，向四周的听众看去。他们坐在黑暗里，细小的光斑在他们面前游动。医生好像在一心一意地琢磨着我们的主人。编辑目不转睛地注视着他的雪茄烟头——这是第六支了。记者摸索着他的手表。其余的人，根据我的记忆，都一动不动地坐着。

编辑长叹一声，站起身来。“真遗憾你不是个小说作家！”他说着，把手搭到时间旅行者的肩膀上。

“你不相信？”

“嗯——”

“我想你不会相信。”

时间旅行者转向我们。“火柴在哪里？”他说。他点燃一根火柴，边抽烟斗边讲话，鼻子里喷出烟雾，“说实话……我自己都不大相信……然而……”

目光中带着默默的疑虑，他看向放在小桌上的凋谢的白花。接着，他把拿着烟斗的那只手翻了个个儿，我看见，他注视着指关节上还未完全愈合的伤疤。

医生起身来到灯前，细细打量桌上的白花。“花的雌蕊很奇怪。”他说。心理学家探出身去想看看清楚，同时伸出手准备拿一朵。

“真该死，已经十二点十五分了，”记者说，“我们怎么回家呢？”

“车站上出租马车多的是。”心理学家说。

“真是稀奇的东西，”医生说，“可我确实不知道这些白花属于植物的什么目、什么科。花可以给我吗？”

时间旅行者犹豫不决，然后突然开了口：“当然不行。”

“你到底是从哪里弄来这花的？”医生问。

时间旅行者把手放到头上，讲话时就像一个试图把握住那稍纵即逝的思想的人。“当我在未来时代旅行时，薇娜把它们放到了我口袋里。”他环视了这个房间一眼，“真该死，我什么也不记得了。这房间和你们以及日常生活的气氛，使我的记忆无法承受。我制造过时间机器或时间机器模型吗？还是这一切仅仅是一场梦呢？据说人生如梦，有时犹如一场噩梦——可我不能忍受再做一场不合时宜的梦了。那太疯狂了。这梦从何而来呢？……我得去看看那台机器。是否真有这样的机器！”

他一把抓起灯，提着红光闪烁的灯，出门来到走廊上。我们尾随其后。摇曳的灯光下，时间机器就在眼前，矮墩墩的，很难看，并且歪歪扭扭的。它是用黄铜、黑檀木、象牙和半透明闪闪发光的石英制成的，摸起来挺坚固——因为我伸手摸了下机器的栏杆——象牙上有棕色的斑点和污渍，机器的下半部分别沾着些草和苔藓，还有一根横杆弯曲了。

时间旅行者把灯放到工作台上，伸手抚摩着损坏的横杆。“现在没事了，”他说，“我对你们讲的故事是真的，抱歉把你们带到这里来挨冻。”他拿起灯，我们一路默默无言地回到了吸烟室。

他陪我们走到门厅，并帮编辑穿上了外套。医生打量着他的脸，支支吾吾地告诉他，他劳累过度了。时间旅行者听了哈哈大笑。我记得，他站在敞开着的门口，大声跟我们道晚安。

我和编辑合乘一辆出租马车回家。他认为这个故事是“华而不实的谎言”，我自己却难以对此下结论。这故事是如此荒诞不经，以至于令人难以置信。可时间旅行者的讲述又是如此的令人信服，而且他的态度是那么严肃认真。那天晚上，大半夜的时间我都辗转反侧、夜不能寐，总寻思着这件事。

我决定第二天再去拜访时间旅行者。据说他在实验室里，由于我常来常往，熟门熟路，于是我直接去找他了。可实验室里空无一人，我盯着时间机器看了一会儿，伸手碰了碰操纵杆。这矮墩墩的、看似坚固的机器，立即像风中的树枝一样晃动起来。它的不稳定性让我大吃一惊。真奇怪，这让我回忆起了我的童年时光，大人们总是不许我乱摸乱动。我穿过走廊走了回来。时间旅行者在吸烟室里遇上了我，他正要出门，一只手挂着一架小照相机，另一只手挟着个背包。他看见我时大笑起来，只得伸出胳臂肘和我握手。“我忙极了，”他说，“忙那边那个东西。”

“可你不会是恶作剧吧？”我说，“你真的穿越时间了吗？”

“千真万确，我的确这样做了。”他真诚地望着我的眼睛，有些踌躇不决。随后他的目光在房间里扫视了一周。“我只需要半小时，”他说，“我知道你为什么而来，你这人真好。这里有几本杂志，如果你留下来吃午饭，我就能用标本等东西，向你彻底证明时间旅行的真实性。现在，能容我暂时离开一下吗？”

我同意了，当时没太明白他话里的全部含义。他点了点头，沿着走廊向前走去。我听见实验室的门砰的一声关上了，于是我在椅子上坐下来，拿起一份日报。他午饭前准备干什么呢？这时，报上的一张广告突然使我想起，我曾答应两点钟的时候跟出版商理查森会面。我看了看手表，发现差点儿赶不上赴约了。我急忙起身沿通道向实验室走去，想跟时间旅行者告别。

当我握住门把手的时候，我听到一声惊叫，又奇怪地戛然而止，接着是咔嗒一响以及轰隆一声。打开实验室的门时，一股旋风在我身旁刮了起来，屋里传来玻璃落在地上摔碎的声音。时间旅行者不在里面。我好像看见一个幽灵似的模糊身影，坐在一团旋转的黑黄相间的东西上——身影近乎透明，连后面摆有图纸的工作台我都看得清清楚楚。但当我拭目细看时，这幻影消失了。时间机器不在了。实验室的那一头空空如也，只有被掀起的灰尘徐徐落下。一块天窗玻璃分明刚刚被吹落在地。

我极为诧异。我知道发生了奇怪的事情，可一时又弄不清是什么奇怪的事情。我站在那里，目不转睛地望着眼前的情景。这时，通往花园的门开了，男仆走了进来。

我俩彼此注视着对方。这时我产生了一个念头："先生——从那条路出去了吗？"我说。

"不，先生。没人从这条路出来。我原以为在这里能找到他。"

这下我全明白了。我冒着得罪出版商理查森的危险留了下来，等待时间旅行者的归来，等待又一个也许更为离奇的故事，等待他将要带回的标本和照片。但是我现在又担心要等上一辈子了。时间旅行者已经失踪了三年，众所周知，他至今还没有回来。

尾 声

人们除了惊叹别无选择。他还会回来吗？他可能已一路横冲到过往的时代，落得与旧石器时代茹毛饮血、毛发丛生的野蛮人为伍；或是掉进了白垩纪[①]时期海洋的深渊；或者身陷侏罗纪[②]时期巨大的爬行动物，那奇形怪状的蜥蜴群之中。他现在甚至可能——如果我这样措辞的话——漫游在蛇颈龙[③]出没的鲕粒灰岩珊瑚礁上，又或是置身于三叠纪[④]荒凉的盐海之滨。或者，

① 一个地质时代，界于侏罗纪和古近纪之间，约1.42亿年前至6550万年前。白垩纪是中生代的最后一个纪，长达8000万年，是显生宙最长的一个阶段。

② 一个地质时代，界于三叠纪和白垩纪之间，约2.051亿年前至1.42亿年前。侏罗纪是中生代的第二个纪，开始于三叠纪—侏罗纪灭绝事件。

③ 一种大型的海生爬行动物，属于鳍龙超目，存在于早期的侏罗纪，身长3–5米。它的特色在于小头、细长的颈部、像乌龟般宽阔的身体、短尾巴，与两对大且细长的鳍状肢。

④ 2.50亿年前至2.051亿年前的一个地质时代，界于二叠纪和侏罗纪之间，是中生代的第一个纪。

他向未来进发？进入一个较近的时代，在那个时代里，人还是人，但我们自己生活时代的不解之谜可以找到答案，令人厌烦的难题也可以得到解决。或者他进入了人类的成年期：因为我个人认为，在那个较近的时代里，实验缺乏数据，理论支离破碎，人与人不和谐，因而根本不是人类的巅峰时期！我说的是我个人的看法。我知道，他——因为早在时间机器诞生之前，我们就讨论过这个问题——对人类的进步持悲观态度，并且把日积月累的文明看作是愚蠢的堆积，认为它最终必将崩溃并毁灭它的创造者。如果真是这样，我们还得若无其事地活下去。可在我看来，未来依然渺茫且不乐观——完全是一个巨大的未知数，偶有几处被关于他那故事的记忆所照亮。但令我聊以自慰的是，我这里还有两朵奇异的白色花朵——现在已经枯萎发黄、干瘪变脆——它们可以证明，即使精神和力量都已消失殆尽，感激之情和相互的温存仍然长存于人类的心中。

后记

翻开《时间机器》的书页，时光就在手指间悄然翻转流逝。我们追随着时间旅行者的讲述，展开穿越时空的盛大思考。我们的想象力从而得以无拘无束地奔放翱翔，在无限的时空中自由徜徉。在威尔斯的笔下，时间逝如流水，世界以惊人的速度变化，时间旅程展现出一幅幅奇丽而又壮观的景象。一幕幕沧海桑田、物换星移，让我们感受到人类在时间面前是多么的无助和渺小。那些匆匆滑过的流年，那些刹那芳华的岁月，一切的一切，不过是滚滚红尘中转瞬即逝的弹指一刻。

浮生，流年，未来是仙境还是尘世？为寻求遥不可知的未来的真相，时间旅行者一次又一次地踏上漫漫的时间之旅，在陌生的时空里穿行。尽管朋友都不理解也不相信时间旅行的真实存在，他依然坚持前行。他孤独而又义无反顾的身影，让我们想起鲁迅笔下的“真的勇士”。所幸在遥远的未来，还有纯洁而善解人意的薇娜陪伴着他。尽管伊人已然芳踪渺渺，但她所象征的人世间的温情与爱意依然温暖着我们，像汪洋苦海中指航的明灯，鼓励我们不失掉对于未来的希望。无论纷繁的世界多么残酷，无论人类的未来多么难测，黑暗的背面一定有光，人间爱意始终灿然开放。薇娜是希望，时间旅行者最终再次踏上旅程是希望，希尔叶的等待也是希望，因为有着这样明朗的希望，时间旅行的传说才如此美丽，令人心驰神往。